工业和信息产业职业教育教学指导委员会"十二五"规划教材
高等教育财经类规划教材

企业经营决策仿真实训教程

U0104473

张 星 编 著

宋福根 主 审

王生云 参 编

"洞悉决策原理 把握市场先机！"

电子工业出版社
Publishing House of Electronics Industry
北京 · BEIJING

内 容 简 介

本教材在内容安排上以企业经营决策流程与任务为逻辑主线，与课程软件《现代企业经营决策仿真系统》相匹配，包括企业交接、企业内外部环境和决策要点、成本核算与贷款决策、企业综合仿真决策、经营总结与对策分析、单一及综合性实训项目设计等，其中包含作者多年来课程教学和参赛的宝贵经验，如配套的实训报告和个别核算方法属于首创，个别实训项目设计方案曾获得第三届全国实践教学竞赛三等奖。

本书适合本科、高职企业管理及相关专业学生作为教材使用，也可供相关从业人员参考使用。

图书在版编目（CIP）数据

企业经营决策仿真实训教程/张星编著． —北京：电子工业出版社，2011.8
高等教育财经类规划教材
ISBN 978-7-121-14433-2

Ⅰ．①企…　Ⅱ．①张…　Ⅲ．①企业管理－经营决策－高等学校－教材　Ⅳ．①F272.3

中国版本图书馆 CIP 数据核字 (2011) 第 171512 号

策划编辑：张云怡
责任编辑：沈桂晴
印　　刷：三河市鑫金马印装有限公司
装　　订：
出版发行：电子工业出版社
　　　　　北京市海淀区万寿路 173 信箱　邮编　100036
开　　本：787×1 092　1/16　印张：11.5　字数：294 千字
印　　次：2011 年 8 月第 1 次印刷
印　　数：4 000 册　定价：25.00 元

凡所购买电子工业出版社图书有缺损问题，请向购买书店调换。若书店售缺，请与本社发行部联系，联系及邮购电话：(010)88254888。

质量投诉请发邮件至 zlts@phei.com.cn，盗版侵权举报请发邮件至 dbqq@phei.com.cn。

服务热线：(010)88258888。

前　言

　　随着全球经济的一体化，我国已成为世界经济的重要组成部分，与国际接轨，参与国际竞争已经成为我国企业当前面临的重大挑战。近年来，随着我国劳动力成本的逐步上升，以往那种依靠廉价劳动力获得竞争优势的方式已是穷途末路，提升企业经营管理水平，加强科技创新，树立自主品牌，进而促进产业转型升级已成为我国企业发展的必由之路。这就要求作为高级人才培养主要机构的高等院校持续培养出一批批懂经营、会管理的专门人才，使他们能够洞悉企业经营的规律，具备良好的素质，能解决企业具体、实际的经营问题。然而，高等院校经营管理类专业教学的先天不足是重理论、轻实践，实习环节走过场。这是由现代管理决策的综合性和市场竞争的风险性决定的。它不可能让企业管理者在实际的生产经营活动中，就产品的生产、销售与研发、原材料采购、筹资与投资、企业兼并等决策进行实践性尝试，以提高自身的经营决策能力，更何况对于刚学了一些企业经营管理理论知识的高校学生。为了克服这个先天的不足，我国高校当前的普遍做法是专业教学中引入以计算机仿真系统为载体的企业经营管理仿真实训课程。由东华大学管理信息研究所宋福根教授领导的团队设计开发的现代企业经营决策仿真系统就是众多仿真软件之一，目前国内已有近 200 所高校在使用该软件。但是，一直以来，没有有针对性的配套教材问世，仅有的教材就是由宋福根教授编写的《现代企业决策与仿真》，该教材在内容的安排上侧重企业决策理论、方法及决策支持系统的设计与开发，对如何利用该软件开展企业经营决策仿真实训几乎未涉及。

　　浙江经济职业技术学院于 2004 年引入现代企业经营决策仿真系统并开设《企业经营决策仿真》课程。经过多年的改革与建设，该课程已经成为学院重点建设的课程之一，2006年被确定为学院首批能力本位改革课程，2007 年被评为学院第二批精品课程，2010 年课程教材被确定为院级重点建设教材。与此同时，课程组教师总结积累了丰富的教学和仿真决策经验，编写并多次修订了配套的实训教材和实训报告，在历届全国管理决策实践大赛中，我院师生总是能赢得头筹。为了把我们成功的经验与全国高校师生分享与探讨，在宋福根教授的建议下，我们编写了本教材。

　　与其他同类教材相比，本书力求凸显以下创新点。

　　1. 教材内容的设计上，真正体现了任务驱动的教学理念

　　本教材的全部内容设计都是基于企业管理者日常的经营管理工作，从企业的交接到熟悉企业的内外部环境和决策要点，从全面仿真决策到经营数据报告读取、分析和最后的对策分析，无不都是企业管理者经常性的管理工作任务，因而本教材在内容安排上切实履行

了任务驱动的教学理念。

2. 教材体系的设计上，很好地体现了工作过程导向的教学理念

本教材整个体系设计完全根据企业管理者从董事会中接手企业后，所要开展的一系列较为连贯的管理工作过程而设计，整个体系脉络清晰，结构合理，贴近实际。

3. 侧重应会与实际能力的培养，提高学生的应职应岗能力

本教材大部分都是在阐述企业经营决策的实务，目的是让学生掌握企业经营决策的基本思路与技能，学会阅读企业的各类报表，能计算各类指标，能根据指标数据分析经营的成败并及时调整经营策略，培养学生基于数据的理性分析能力与快速反应能力，最终提升学生运用所学知识解决实际问题的能力，这对提高学生的应职应岗能力及可持续发展都有很大促进作用。

4. 基于职业岗位典型工作任务，设计了全员参与的大型综合性仿真实训项目

为了更好地培养学生完成职业岗位典型工作任务的能力，经过多年的探索和实践，我们设计了全员参与的大型综合性仿真实训项目——行业高峰论坛筹办（详见本书第 5 章）。该项目以仿真筹办一次行业高峰论坛为载体，综合了论坛承办权竞标、论坛营销（寻求冠名和赞助企业）、论坛会场设计与布置、论坛广告位拍卖、论坛接待、主持、茶歇、影像、安保等运作内容，很好地遵循了"项目导向，任务驱动，学生主体，能力本位"的教学改革理念，使学生的专业技能和素养得到了一站式的综合演练，增强了学生完成职业岗位典型工作任务的能力。该项目还在第三届全国实践教学大赛中获得了三等奖。

本书全篇由浙江经济职业技术学院张星老师执笔，由东华大学博士生导师宋福根教授主审，得到了浙江水利水电高等专科学校王生云副教授和浙江经济职业技术学院邵雪伟副教授的悉心指导。另外，浙江经济职业技术学院的廖文娟老师和蒋智红老师也对本书的编写提供了宝贵的建议，在此一并表示诚挚的谢意！

本书配有丰富的教辅资源及大量学生参赛成果展示。相关资料及参赛网址请登录华信教育资源网（www.hxedu.com.cn）下载或查询，也可与作者（zhangxing78@126.com）联系获取。

限于编写时间紧促和本人水平，本书疏漏及错误之处在所难免，敬请广大读者与同仁批评指正。

编　者
2011 年 2 月

目　录

第 1 章
企业的接管及经营决策思路

知识目标

（1）熟悉模拟企业生产的三种产品、三个市场及其划分依据。

（2）明确影响一般市场销售量的主要因素、相互关系及其决策思路。

（3）掌握模拟企业设备生产能力的计算方法及影响因素。

（4）掌握模拟企业生产人员配备核算方法。

（5）掌握模拟企业原材料、附件采购的决策思路。

（6）了解模拟企业研发决策要点。

（7）掌握模拟企业管理合理化投资决策思路。

（8）熟悉模拟企业财务的决策思路和要点。

能力目标

（1）能对模拟企业的一般市场进行价格、广告、销售人员与质量决策。

（2）能对模拟企业的设备生产能力进行调整，确保设备能力充分利用，避免加班。

（3）能对模拟企业人员的生产能力进行调整，确保人员能力充分利用，避免加班。

（4）能根据企业生产计划的要求科学地进行原材料与附件的批量采购，以降低成本。

（5）能根据员工工资的变化对管理合理化投资进行科学的决策。

（6）能核算模拟企业的周期利息费用。

第一节　企业的交接

※※※※※※※企※※※※※※※※※※※※※※※※※※※※※※※※※※※※※※

致新任董事会的一封信

亲爱的新任董事会成员：

　　我和我的董事会成员热烈欢迎你们来到我公司工作，并致力于开创企业经营的新一轮辉煌！

　　正如你们所知，本届董事会由于年龄原因，一致决定辞职，以便为年轻管理者提供更多展示自己青春与才华的机会。

　　我们企业是生产激光打印机的专业企业。几年来，我们已在办公室设备市场上做了些富有成效的工作。去年（第 0 周期），我们获得了 2 712 万元的销售额，市场占有率为 5%（此时整个行业或全班学生分为 20 个企业），税后留利 214 万元。

　　去年共有 132 名职工在我们企业从事工作。另外，我们还聘用了 40 名销售人员，以生产和销售 E 型、B 型和 I 型激光打印机。

　　应当重视激光打印机不断取代喷墨打印机的这种发展趋势。激光打印机因其快速、高效而深受各行各业企业的欢迎，并在逐步走向私人家庭市场。所以，激光打印机的销售前景是乐观和令人鼓舞的。

　　然而，市场竞争形势也是严峻的，企业一方面面临着成本不断上升的压力，另一方面，由于竞争的激烈性和产品的同质性，迫使企业不能大幅度地提高产品销售价格，而只能接受市场的价格。

　　我们企业在以后几个周期的经营成果完全取决于你们能否成功地把握住市场的机会。

　　作为对你们工作的支持，原分管各部门的董事会成员将以各部门负责人报告的形式将我们企业的特点及过去周期的经营情况提供给你们，祝你们成功！

　　顺致衷心的问候！

前任董事长

※※※※※※※※※※※※※※※※※※※※※※※※※※※※※※※※※※※※※※※

　　这里，以一封信的形式，从定性和定量两个方面给出了基础周期（第 0 周期）有关市场容量（每个企业按 2 300 万元计，当分成 N 个企业时，整个行业市场容量应为 $2\,300 \times N$ 万元）、企业基本情况及以后形势发展趋势的信息（注：仿真系统中市场容量以销售额计算，而非销售量）。

第二节　企业的外部环境

市场经济环境下的企业是一个开放的系统，它与外界有着广泛的经济联系。模拟企业作为生产激光打印机的股份公司，它与采购市场、销售市场、股东、银行、政策法规及劳动力市场等有着密切的经济往来关系，如图 1-1 所示。

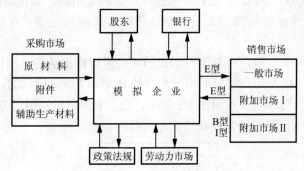

图 1-1　模拟企业与外部经济体的关系

采购市场——企业分别以 X，Y 和 Z 的单价从市场获得生产激光打印机所必需的原材料、附件和其他辅助性生产材料，企业支付购货款。

股东——股东是企业的所有者，他们出资设立企业，并要求获取相应的分红收益。企业经营如有赢利，则将按企业决策支付股东应有的股息。股息支付决策在当期决定，实际支付将在下一周期进行。

银行——企业生产经营活动所需资金不足，可向银行贷款。贷款方式分为长期、中期和透支贷款三种。贷款期满，企业应向银行还本付息。企业如有多余资金，可向银行购买有价证券，以其利息作为收入。

销售市场——企业生产的产品必须在销售市场上进行销售，通过销售获得的收入首先用于支付企业的各项生产经营费用。若有结余，即为企业经营赢利。

政策法规——企业经营状况在一定程度上会受国家政策影响，如国家的产业政策、宏观调控政策等。国家保护企业的合法经营，企业经营如有赢利，须向国家缴纳税收。

劳动力市场——企业根据销售、生产和产品研究开发等工作需要，可向劳动力市场招聘所需的人员，也可以辞退部分多余的或者不合格的企业员工，与此同时，将会形成相应的招聘或辞退费用。劳动力的供求关系及国家制定的有关劳动力的法规和政策都将影响企业的用工成本。

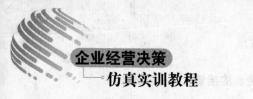

第三节 销售部门决策

一、企业销售产品及销售市场

模拟企业生产和销售三种不同类型的激光打印机，分别是 E 型（一般产品）、B 型（特殊产品）和 I 型（特殊产品）。这三种产品在三种市场上销售，具体情况如下。

一般市场——通过聘用销售人员、制订营销策略参与竞争，在市场上销售 E 型打印机。

附加市场 I——参与用户对 E 型打印机的大批量招投标活动，销售 E 型打印机。

附加市场 II——根据用户订单要求而生产的 B 型和 I 型打印机的销售。

不同产品及市场的对应关系如图 1-2 所示，由于附加市场的销售方式相对固定，因而针对一般市场的 E 型打印机的生产和销售是企业决策的重点。

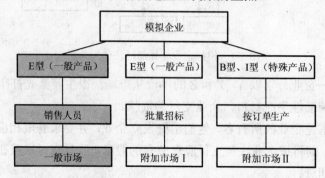

图 1-2 模拟企业产品与市场关系图

二、一般市场的决策思路

（一）影响企业一般市场销售的主要因素

一般市场是模拟企业面对的最重要的市场。一般市场的销售额与利润占据了模拟企业总销售额与利润的绝大部分，所以一般市场上的产品销售是模拟企业销售决策的重点和关键。影响企业在一般市场上产品销售额或市场占有率的主要宏观因素有社会需求、社会购买力和价格指数（CPI）的变化等。主要中观和微观因素是消费的有关特征、本企业及竞争企业所使用的经营战略和销售策略，主要包括以下几方面。

（1）产品价格。通常情况下产品的价格与需求成反比，即产品价格上涨，需求降低，价格下降，则需求增长，特别是在产品同质性很强的市场中，产品价格对产品需求的影响更加明显。

（2）广告投入。通常情况下，企业投入的广告越多，产品的知名度就越高，产品的需求量就越高，特别是在我国当前的市场经济条件下，通过巨大的广告投入取得成功的产品比比皆是，如脑白金、黄金搭档等。但是，由于边际效用递减规律的作用，企业必须注意广告投入的边际效用，以求资金的最佳利用效率。

（3）产品质量。产品质量作为满足消费者需求的一种属性，对产品销量的影响是显而易见的，产品质量越可靠，性能越稳定，消费者越有可能购买。但是，要注意的是产品质量总是相对于一定的价格水平而言，脱离产品的成本或价格谈质量是没有意义的，所以，在进行产品质量决策时，未必质量越高越好，而是要结合企业对产品的定价和产品成本等因素综合考虑。

（4）产品的销售渠道。一般来说，企业产品的销售网点越多，分布越广泛，购买越方便，产品的销售量就会越大，但也要注意企业在渠道建设时投入资金的边际效用问题。

（5）替代品的价格。企业的产品往往存在替代品，所以，替代品价格的变化会影响企业产品的销量。一般情况下，替代品价格上升，企业产品销量增加；反之，则销量降低。

（6）消费者的偏好。消费者的偏好不是一成不变的，而是随着市场环境和产品技术水平的变化而变化的，正如模拟企业生产的激光打印机一样，它以快速高效的优势正在不断取代原有的喷墨打印机，成为消费者的新宠。

（7）消费者的收入。一般情况下，消费者收入的增加会增加对产品的需求，进而提升企业的销售量。但是，也有例外，如低质量或低档次的产品，会随着人们生活品质的提升而降低购买次数。

（8）消费者对价格变化的预期。消费者对某个产品未来价格变化的预期也会影响产品的需求。如果人们预期产品价格看涨，那么他们就会提前去买，从而增加产品的销售量。

以上影响模拟企业在一般市场上产品销售的因素中，替代品的价格、消费者的偏好、消费者的收入及对价格变化的预期均属于企业不可控的外部因素，企业只能因势利导地去认识和适应。而产品的价格、产品的质量、广告费用的投入和销售渠道是企业的可控因素，它们是企业经营战略和销售策略的实施载体。由于很难在计算机上模拟这些不可控因素对企业销售的影响，在《现代企业经营决策仿真系统》（简称《仿真系统》）中，把企业所实施的经营战略和销售策略简化为 4 个市场促销手段的运用，它们分别是产品的价格、广告费用支出、销售人员数量（销售渠道）和产品质量水平（取决于产品质量改进费用，包括研发部门员工的工资、企业职工社会福利费用和改进产品质量的其他研发费用支出）。由此，影响企业在一般市场上产品销售量和销售额的主要因素如图 1-3 所示。

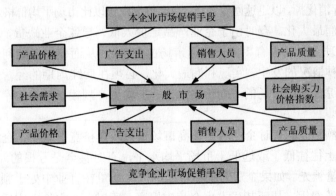

图 1-3　影响企业在一般市场上销售量的因素

销售部门决策主要就是在一般市场上就 4 个促销手段进行相应的决策，其决策思路如下。

（二）产品价格决策

在一般市场上，E 产品的价格是决定该产品销量的最关键因素，价格通过影响产品的销量，进而影响企业的库存和资金的利用效率，并最终决定企业经营的成败，因而科学合理地制定价格成为企业经营的最关键也是最难的一步，可以毫不夸张地说，价格制定成功了，经营就成功了一半。那么，如何科学合理地制定价格呢？决策者要从以下几个方面综合考虑。

价格决策的步骤。

步骤一：明确定价目标。

定价目标是企业企图通过定价要达到的目的或目标，一般而言定价目标有以下几种。

（1）配合竞争战略实施的要求。企业的竞争战略通常包括三种，即成本领先战略、差异化战略和集中战略。由于仿真系统模拟的是一个产品高度同质化的激光打印机行业，所以，企业所能采用的竞争战略主要是成本领先战略，即通过规模经济来降低企业产品的成本，从而获得竞争优势。故企业有三种战略可以选择，不同战略对应的价格要求也因此不同。

如果企业制订的是大规模、低价格、低质量的经营战略，则其定价必须低于市场平均水平，否则战略就无法实现。

如果企业制订的是中等规模、中等价格、中等质量的经营战略，则其定价要围绕市场的平均价格附近。

如果企业制订的是小规模、高价格、高质量的经营战略，则其定价应该在市场平均价格之上。

（2）生存目标。企业只有先生存之后才能谈发展。有时由于模拟企业管理层定价失误（主要是过高），会导致企业产成品库存居高不下，高库存会严重影响企业的现金回流，也将极大地提高企业的财务成本，使企业处于极为被动甚至崩溃的边缘。此时，为了企业的生存，必须把库存消化掉，以迅速回笼资金，在定价上应该以比市场平均价格水平低得多为宜。

（3）当期利润最大化。有时由于企业产品定价太低，导致企业缺货，因而就产生了缺货损失（表现为理论市场占有率大于实际市场占有率），从而使企业的利润无法达到最大化，为了避免这种情况的发生，实现利润最大化，必须在后续周期的经营中提高价格制定的准确性，要在综合考虑市场的平均价格水平、平均生产规模、行业的库存水平等因素之后，再决定价格。

（4）市场份额领先。有时企业为了提高市场份额，排挤竞争对手，企业不惜牺牲近期的利润，在定价上往往低于或远低于市场平均水平，有时甚至是亏损的。

（5）产品质量领先。如果企业为了使自己的产品质量在行业中处于领先地位，则其必须投入更多的研发费用，从而其成本也会相应提高。所以，在定价上应适当提高，否则将难以支撑其高昂的研发费用投入。

步骤二：明确产品的需求价格弹性。

（1）需求的价格弹性。在考察价格对产品销售的影响时，经常会用到需求的价格弹性这个概念。需求的价格弹性简称需求弹性或价格弹性，它表示在一定时期内，在其他影响需求因素不变的情况下，价格一定程度的变动所引起的需求量的变动程度，通常用价格弹性系数来表示：

$$需求价格弹性 = \frac{需求量变动百分比}{价格变动百分比}$$

设 Q 表示一种商品的需求量，P 表示商品的价格，ΔQ 表示需求量的变动量，ΔP 表示价格变动的数值，E_d 表示价格弹性系数，则上式可以改写为

$$E_d = \frac{\Delta Q/Q \times 100\%}{\Delta P/P \times 100\%} = \frac{\Delta Q}{\Delta P} \cdot \frac{P}{Q}$$

① 上式中当 ΔP 趋向于 0 时，即变成价格点弹性，$E_d = \frac{dQ}{dP} \cdot \frac{P}{Q}$

② 上式中当 $\Delta P = P_2 - P_1$ 时，即为需求曲线上的两个点时，即为价格弧弹性，不过此时用弧中点的价格和需求量作为公式中的 P 和 Q，即

$$E_d = \frac{Q_2 - Q_1}{P_2 - P_1} \cdot \frac{P_1 + P_2}{Q_1 + Q_2}$$

由于价格和需求量往往成反方向变动，所以，求得的弹性往往为负数，通常取绝对值作为其弹性。

 【现学现练】

假设土豆的市场需求函数为 $Q = 6000 - 1000P$（Q 的单位为千克，P 的单位为元/千克），请计算下列两种情况的需求弹性，并说明其含义。

① 当 $P = 2$ 元/千克时的需求点弹性为（-0.5）。

② 当价格从 2 元/千克上升到 3 元/千克后的弧弹性为（-0.71）。

（2）需求弹性的五种情形及价格策略。

① $E_d = 0$，表示不管价格如何变化，需求量固定不变（$\Delta Q = 0$），称为完全无弹性，其需求曲线为水平直线。

② $E_d = \infty$，表示在既定的价格水平下，需求量可以随意变动，称为需求具有无限弹性，其需求曲线为垂直直线。

③ $E_d > 1$，需求富有弹性商品，如奢侈品、旅游产品等，此类产品降价会增加总的销售收入和利润。

④ $E_d < 1$，需求缺乏弹性商品，如生活必需品等，此类产品提价会增加总的销售收入和利润。

⑤ $E_d = 1$，单元弹性，提价和降价不影响利润。

（3）模拟企业产品的需求价格弹性。根据模拟企业以往销售数据，可得 E 产品的价格与销售量的关系的拟合曲线如图 1-4 所示，在其他影响需求因素不变的情况下，如果一般

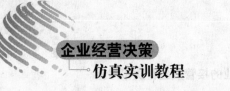

市场上的产品销售价格从 1 150 元/台（图中 A 点）下降到 950 元/台（图中 B 点）时，销售量将会翻一番；如果一般市场上的产品销售价格从 1 150 元/台（图中 A 点）上升到 1 350 元/台（图中 C 点）时，销售量将会减半，下面来计算 E 产品的价格弹性，并据此明确价格策略。

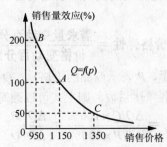

图 1-4　E 产品的价格与销量的关系

从图 1-4 可算出模拟企业一般市场上 E 产品的价格弧弹性（弧 BC），

$$E_d = \frac{Q_2 - Q_1}{P_2 - P_1} \cdot \frac{P_1 + P_2}{Q_1 + Q_2} = \frac{50 - 200}{1350 - 1150} \cdot \frac{950 + 1350}{200 + 50} = \left| \frac{-150}{400} \cdot \frac{2\ 300}{250} \right| = 3.45$$

从上式可得，对 E 产品的弧弹性取绝对值以后为 3.45＞1，故该产品是需求富有弹性商品，在定价策略上，降价能使该产品的销售收入和利润增加。

步骤三：估计产品成本

产品成本是企业定价的基础，企业在定价前应根据系统预算报告中的《成本承担单元核算》报表计算出 E 产品的单位成本和单位变动成本。一般而言价格必须大于产品的单位成本，但是，在特定的时期，为了达到特定的目标，如降低高库存，价格可以低于单位成本，但最低不能低于单位变动成本，否则，企业不如关门停产。

【思考与讨论】

企业产品的价格为什么不能低于产品的单位变动成本？

步骤四：选择定价方法

企业可以选择不同的定价方法进行产品的价格决策，通常的定价方法有三种，它们是成本导向定价法、需求导向定价法和竞争导向定价法。其中成本导向定价法主要包括成本加成定价法、盈亏平衡法定价法和目标预期贡献定价法；需求导向定价法主要包括需求函数定价法、需求差异定价法和认知价值定价法；竞争导向定价法主要有随行就市定价法和密封投标定价法。由于计算机仿真系统的先天缺陷，它很难模拟出个性化的市场环境，所以仿真系统所设定的激光打印机行业，它是一个产品高度同质化的市场竞争环境，价格只能由市场决定，行业中的企业只能被动地接受市场价格，故在定价方法上主要采用随行就市定价法，即企业按照行业现行的平均价格水平来定价。

步骤五：预测市场平均价格和个别重点竞争企业的价格

预测本经营周期 E 产品的市场平均价格是定价的最重要一步，由于上一周期的平均价格可以通过竞争结果数据计算得到，那么经营当期的平均价格就可以在此基础上进行预

测（预测方法举例详见后续章节的案例分析题），预测当周期的平均价格时还应考虑以下因素：

① 本经营周期的市场形势相对于上周期是否好转，如果好转，在其他影响因素不变的情况下，市场平均价格下降的可能性或降幅较小，甚至有可能上升；反之，则可能会进一步下降。

② 上周期整个行业平均库存是否急剧增加，如果增加幅度明显，整个行业都面临高库存的压力，则竞争企业都倾向于降低价格以消化库存，故本经营周期的平均价格可能会进一步下移。

③ 周期整个行业中倒闭企业的数量。如果上周期的经营中，倒闭了较多数量的企业，这些企业原有的市场份额就留给那些仍然生存的企业，则竞争对手在生产规模不变的情况下，一般不会大幅度降低其价格，因此本周期市场的平均价格降低也有限，甚至可能增长。

在对本经营周期市场平均价格的预测基本完成之后，还要对个别重点竞争对手的价格进行预测，特别是那些规模很大，价格又非常低，而且经营成绩比较好的企业，对这些竞争企业价格的预测，可让我们明确行业中价格的最低水平，以做到心中有数；另外，还要注意上周期中那些销售量与本企业本周期可供销售的产品数量（期初库存加本周期产量）相近的企业，它们的价格、广告费用、销售人员和产品质量都为企业本周期的相应决策提供了科学的参考。

在完成以上两个预测后，再结合本企业的经营战略（大规模低价格低质量战略、中规模中价格中质量、小规模高价格高质量战略等）来确定价格。

步骤六：最终定价

在综合考虑以上几个方面的因素后，可以基本预测出本周期市场的平均价格水平及对应的平均销售量，再与本企业当期可销售的产品数量相比较，确定产品的价格。如果本企业可销售的产品数量大于预期的行业平均销售量，则价格应低于预测的平均价格水平；反之，则可以高于平均价格水平。当然还可以结合另外的一些定价法，如心理定价法中的尾数定价法，确定最终价格。值得注意的是仿真系统在给企业打分时，一般价格越低，价格单项分数相对就高。所以，尾数定价法可以利用这一特点，但如果由于企业的价格过低导致企业亏损时，另外的分数项得分就较低，所以，要统筹兼顾，综合平衡。

经验宝典：

定价是本仿真系统中企业竞争制胜最关键的因素，价格定好了，企业竞争就成功了一半，所以，要特别注意。经验的决策思路是在明确本周期市场形势的基础上，考察竞争对手的生产规模、价格和库存情况，先预测本周期市场平均价格水平，再结合自己企业的战略、生产规模和库存情况，粗略确定一个价格，然后在系统预算时计算出单位产品成本，进而对价格进行修正。

（三）广告费用投入决策

广告费用投入所产生的产品销售额增加效应如图 1-5 所示，关系曲线中的广告费用投入和销售额增加效应均以占销售额的百分比来表示。

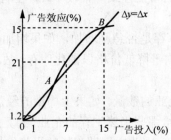

图 1-5　E 产品广告投入与效应关系

开始时，由于广告费用投入数量太少，尚未能形成规模效应，此时，企业广告费用投入的增加，将会是入不敷出，即 $\Delta y < \Delta x$；随着广告费用投入的增加，入不敷出的情况将在 A 点发生改变，使收益与支出达到平衡，即 $\Delta y = \Delta x$；随后进入收益大于支出阶段（弧 AB），$\Delta y > \Delta x$；然后再通过 $\Delta y = \Delta x$ 的平衡点 B 点，B 点以后再度进入 $\Delta y < \Delta x$ 的阶段。所以，广告费用投入应控制在 $\Delta y = \Delta x$ 时的两个平衡点之间。在广告费用投入占销售额 7%左右时，单位广告费用投入的增加效应达到最大值，由于边际效用递减规律的影响，当广告费用投入接近 15%时，效应增加已不明显；超过 15%时，增加的费用几乎已不起作用，近乎于白投。模拟企业在进行广告费用决策时，一般遵循以下步骤。

步骤一：先依据本周期企业的营销策略，确定广告费用占销售收入的预期比例。

步骤二：根据上周期的决策数据，计算出行业企业平均的广告投入水平，再比较本企业当期可销售产品与预测的行业平均销售量的大小。如果本企业可销售的产品（当期产量加期初库存）大于行业平均销售量，则广告投入应不低于行业平均水平，反之，则可以少于或接近行业平均水平。当然，这里还要结合企业的价格决策，如果价格制定已经明显低于预测的平均水平，则广告可以相对少投入。

步骤三：综合上述两个步骤进行广告投入的微调，并确定最终数量。

> **经验宝典：**
> 由于仿真系统所采用的销售函数的缘故，使广告对 E 产品销售的促进作用在价格高时较价格低时明显，当 E 产品价格低于 800 元时，广告效应基本趋于零，此时销售人员的效应大于广告投入的效应，所以当企业定价在低于 800 元时，可以减少广告费用，以降低成本。但值得注意的是，如果行业中有多个企业价格低于 800 元，产量质量等级也相同，此时，广告费用投入大的企业，销售量仍明显大于广告费用投入少的企业。

（四）销售人员数量决策

仿真系统中销售人员相当于模拟企业的销售渠道，其决策的思路与广告费用投入原理一样，增加销售人员数量可以提高产品的销售量与销售额，但当销售人员的费用支出（主要是指销售人员的工资）达到销售额的 12%以后，销售量和销售额将不再会有明显的上升，如图 1-6 所示。

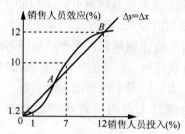

图 1-6　E 产品销售人员投入与效应关系

在第 0 周期中，各模拟企业共聘用了 40 名销售人员，聘期一年，即年初聘用的销售人员年末自动解聘，故企业每年需重新招聘（这不同于其他人员）。每个销售人员在第 0 周期的年薪为 3.5 万元。此外，对聘用的销售人员不再发生招聘费用和社会福利费用，但每年发生与销售人员数无关的固定销售费用 10 万元，划入其他固定费用一栏。销售人员费用投入可按销售人员数量与其人均工资费用相乘计算而得，实际决策应遵循以下步骤。

步骤一：先根据企业本周期的营销策略确定销售人员费用占销售收入的预期比例。

步骤二：根据上周期的决策数据，计算出行业企业平均的销售人员数量，再比较本企业当期可销售产品与预测的行业平均销售量的大小，如果本企业可销售的产品（当期产量加期初库存）大于行业平均销售量，则销售人员雇用应不低于行业平均水平，反之，可以少于或接近行业平均水平，当然这里还要结合企业的价格决策，如果价格定得已经明显低于预测的平均水平，则可以减少销售人员的雇用数量。

> 由于仿真系统所采用的销售函数的缘故，使销售人员对 E 产品销售的促进作用在价格低时较价格高时明显。当 E 产品价格低于 800 元时，应增加销售人员的数量，减少广告投入费用，以求在总销售费用支出大体不变的情况下，达到效用最大化。

步骤三：综合上述两个步骤确定销售人员的最终雇用数量。

（五）产品质量水平决策——产品质量改进费用支出决策

每年由商品检验局对各模拟企业的产品进行测试、检验，并评出不同的产品质量等级，等级系数与规格如下：

等级 1＝很好

等级 2＝尚好

等级 3＝一般

等级 4＝及格

等级 5＝较差

影响模拟企业产品质量的因素主要有研究开发部门职工人数、改进产品质量的其他研究开发费用和企业社会福利费用的投入。研发部门员工越多、产品质量改进的其他研发费用越高，企业社会福利费用占工资比例越高，则产品被评等级越高，市场声誉越好，产品销售量和销售额越大。在实际决策时，企业应先根据经营战略确定目标的质量等级，再利用预算功能进行多次的调试，力求以最小的支出达到目标质量等级。在企业决策时，决定企业产品质量的四个数据为研发人员的招聘和辞退数量、产品改进费用和社会福利费用。

经验宝典：

　　由于仿真系统的缘故，只要不是超大规模(生产线超过 10 条)，模拟企业原有的 8 个研发人员已经能够满足研发需要，故研发人员可以不招聘也不辞退，企业只要对产品改进费用和职工社会福利费用比例两个指标进行调试。如果目标质量等级为 2 级，可以把社会福利比例调到 85%～90%，则可以用更少的产品改进费用支出达到 2 级水平；如果目标质量等级为 3 级，只要把产品改进费用投入降到最低点 20 万元，社会福利比例调为 80%，这样的配比投入接近最低的成本。

（六）其他几个注意点

① 四个促销手段中，除产品质量水平所起的效应可按 60% 比例递减性地延续到以后各经营周期外，其他促销手段所起的效应均仅本周期有效。

② 系统最后实现的是各促销手段的组合效应，即如在降低销售价格的同时，提高广告费用投入、增加销售人员、改进产品质量，则可强化因降价而产生的销售额（量）增加效应；反之，在降低销售价格的同时，减少广告费投入及其他促销手段费用的投入，则会淡化因降价而产生的销售额（量）增加效应。

③ 本企业促销手段的使用效果还取决于竞争企业的市场促销努力程度。与竞争企业相比，只有当本企业的产品价格越低、广告费用越高、销售人员越多、且产品质量越好，那么，本企业产品的市场占有率才会越大，这一市场占有率称为理论市场占有率，由市场促销手段确定。

④ 若本企业因生产量不足而无法向市场提供足够产品的话，顾客就会转向竞争企业购买所需要的产品，这时，实际的产品市场销售额就会小于应有的产品市场销售额；反之，若竞争企业无足够产品供货的话，顾客就会转向本企业购买所需要的产品，这时，实际的

产品市场销售额就会大于应有的产品市场销售额,由此而得到的产品市场占有率称为实际市场占有率,与企业产品产量有关。

⑤ 仿真系统中的理论市场占有率和实际市场占有率均指各企业 E 型产品一般市场销售额在所有企业 E 型产品一般市场销售额合计中所占的比例(份额)。

⑥ 由于上述四个促销手段效应关系均成曲线关系,在不同的投入点效应值的大小不一样,如在销售效应曲线中,在不同的曲线点上,弹性系数是不一样的,因而,销售量和销售额对价格的敏感度也将是不一样的。在广告效应曲线中,广告费用投入增加到占销售额的 2%、7% 和 12% 时,其单位效应也是不一样的。所以,不能简单地说四个促销手段中哪一手段最为重要,及其应用效应在所产生的组合效应中所占的比例各为多少,而是与投入点有关,但在一般情况下销售价格对产品市场销售影响最为敏感。

三、附加市场 I 决策要点

在附加市场 I 上,E 型激光打印机以招标的形式被用户大批量地订购。每个经营周期的招标数量是变动的。企业中标的决定因素是投标价格。如有两个以上企业的投标价格最低且相同的话,理论市场占有率较大的企业中标。企业可就投标价格这一参数做出决策,企业也可以不参与投标,一旦参与就会发生 1 万元的固定费用。设在第 0 周期中,各企业均没有投标活动。

与一般市场相比,产品在附加市场 I 上的销售具有优先权。即在销售时,中标产生的销售首先应被满足。要注意的是中标产品的生产和销售都在下一周期内进行,所以,如果企业在上周期中标,则在安排本周期的生产计划时必须留足生产这部分产品的人员和设备,否则会导致加班。

经验宝典:

企业的决策者必须明确企业投标的目的是追求利润的最大化,而不是为了中标而去投标,所以,当一般市场形势非常好,产品很好卖时,若企业以低于一般市场的价格中标,在企业规模不扩大的情况下,因中标产品占用了一部分的产能,故反而使企业利润较不中标减少。

四、附加市场 II 决策要点

在附加市场 II 上,销售按用户订购要求而生产的 B 型或 I 型特殊激光打印机,这些要求包括产品类型、订购数量及价格都将随经济形势的变化而变化,在每个周期的周期形势里会指明订单的这些情况。企业要做的决策是是否接受该订单。一般情况下,企业都要接受此订单,而一旦企业接了这个订单,就要严格按照订单的数量生产规定的产品,过多和过少都不行,多则占用资金和库存,少则要承担违约责任。另外,当期的订单在当期生产和交货。在附加市场 II 上进行产品销售时,将发生固定的销售人员费用 1 万元。

在完成销售部门的决策后，企业要预测出本周期一般市场 E 产品的平均价格水平及其对应的平均销售量、平均广告费用支出和平均销售人员雇佣数量，并初步确定一般市场上产品的价格、广告费用投入、销售人员雇用数量等指标。

巩固练习1

1. 请问企业价格决策的主要步骤有哪些？

2. 仿真系统中模拟企业通常可供选择的经营战略有哪几种？

3. 某企业对一般 E 产品进行预测时发现，如果定价 900 元/台时，销售量为 50 000 台，计算此时的销售额，若此时投入占销售额 7%的广告费用时，能使销售额在原来的基础上增长 20%，计算在价格和广告两个因素作用下的销售额，请问实际的销售额大于还是小于此数，为什么？请预测合理的 E 产品销售量和销售额。

4. 以第 1 题为前提，若该企业的管理层决定本周期投入在销售人员上的费用要占预测销售额的 5%，又已知销售人员一年的工资为 3.5 万元，销售人员不需招聘费用，期初没有销售人员，员工福利费用占工资总额的 80%（销售人员无福利），若不考虑销售部门的固定费用，请问可以招聘多少个销售人员？

5. 以第 1 题为前提，若该企业决定用预测销售额的 8%来提高产品质量，已知投入的产品改进费用为 100 万元，科研人员工资为 5 万元/年，福利为 80%，科研人员招聘费用为 1 万元/人，企业原有科研人员 6 人，请问应该再招聘多少科研人员？

第四节　生产部门决策

一、生产部门的基本情况

产品的生产必需设备和人员，仿真系统中把设备简化为生产线及其加工能力，把人员简化为一般自然人和机器人，机器人可以替代自然人，但不能用于加班。

（一）模拟企业生产部门的基本情况

在第一周期期初模拟企业生产部门的情况如下。

（1）生产线：4 条折旧了 4 年的生产线，每条折旧期为 10 年。

（2）生产人员：94 个自然人生产人员，没有机器人。

（3）生产合理化投资情况：尚未进行生产合理化投资，即生产合理化系数为 1。

（4）厂房情况：1 个厂房，厂房能容纳 5 条生产线。

（5）固定费用：生产部门每个经营周期会发生 30 万元的固定费用，划入其他固定费用一栏。

（6）返修、次品费用：生产部门每周期会发生返修、次品费用，具体视企业职工社会福利费用多少及产品生产数量比例而定。

（二）各产品生产的设备、人员和材料消耗指标

① 各个产品生产所需要的生产线生产能力指标为：

E 型（一般产品）：1.0 单位/台。

B 型（特殊产品）：0.9 单位/台。

I 型（特殊产品）：1.1 单位/台。

② 各个产品生产所需要的生产人员能力指标为：

E 型（一般产品）：一个生产人员每周期能生产 E 产品 250 个，即 E 的人员消耗为 1/250 人。

B 型（特殊产品）：一个生产人员每周期能生产 B 产品 280 个，即 B 的人员消耗为 1/280 人。

I 型（特殊产品）：一个生产人员每周期能生产 I 产品 227 个，即 I 的人员消耗为 1/227 人。

③ 各个产品生产所需要的材料消耗指标为：

E 型（一般产品）：1 个原材料/台，1 个附件/台，30 元的辅助生产材料/台。

B 型（特殊产品）：1 个原材料/台，0 个附件/台，28 元的辅助生产材料/台。

I 型（特殊产品）：1 个原材料/台，0 个附件/台，28 元的辅助生产材料/台。

二、生产部门决策目标

生产部门的决策其实就是对生产线能力、生产人员配备等方面的决策，通过生产决策企业要实现以下目标。

① 根据企业竞争战略的要求，达成预期的生产能力规模。

② 科学合理地安排周期生产计划，并确保生产计划的完成。

③ 充分利用企业的设备生产能力与人员生产能力，实现设备和生产人员的 100% 利用，避免加班情况的发生。

④ 合理地配备适量比例的机器人，以降低生产成本，并避免因人员工资大幅增加对企业造成的成本压力。

三、生产线的生产能力及其调整

仿真系统设定一条生产线在满负荷运行时，每个经营周期可提供 6 500 个生产能力单位，但是设备总不可能一刻不停地运转，它需要维修和保养，故每条生产线实际产能不可能达到 6 500 单位，而是在此基础上打一定的折扣，这个折扣（系数）称为维修保养系数，它的大小与企业投入的维修保养费用有关。另外，企业还可以对生产线进行升级改造，以提升其生产能力，系统称之为生产的合理化投资，并对应于生产合理化系数。所以，企业最终的设备生产能力计算公式如下。

设备生产能力＝生产线条数(N)×6 500×维修保养系数(X)×生产合理化系数(Y)

公式中 6 500 是固定不变的，其他三个参数都是可以变动的，因而可以通过调节这三

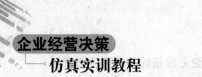
个参数中的某个或几个来调节企业的设备生产能力。其中，生产线条数 N 和维修保养系数可以双向变动，既可以调高也可以调低，而生产合理化系数只能调高不能调低，这与现实情况是一致的。

（一）生产线的扩大投资或报废（N 的调整）

1. 生产线扩大投资

增加一条生产线可增加生产能力 6 500 单位，增加一条生产线的一次性投资费用为 400 万元，生产线的折旧期为 10 年，生产线折旧方式为平均年限法，系统设定期末残值为 0，故

$$生产线年折旧费用 = \frac{生产线原值 - 期末残值}{总折旧年数} = \frac{400 - 0}{10} = 40（万元）$$

系统设定新增加的生产线在周期初就可投入使用。企业原有的 4 条生产线到第 6 周期时已折旧完毕，不再提取折旧费，但各企业仍可继续使用，这样产品成本可大为降低。

企业现有 1 个生产厂房，最多还可安装 1 条生产线。如果生产线总数多于 5 条，就需建造新厂房。厂房建造的成本及折旧方式如下。

再建一个厂房的投资费用为 400 万元，最多只能容纳 5 条生产线。

厂房的折旧期为 20 年。

厂房折旧方式为平均年限法，系统设定期末残值为 0，故

$$厂房年折旧费用 = \frac{厂房原值 - 期末残值}{总折旧年数} = \frac{400 - 0}{20} = 20（万元）$$

2. 生产线的报废

当企业销售情况不佳，生产线就会多余，此时企业就有可能面临人为报废生产线的决策，原则上是报废最老的生产线。生产线报废时，企业可得到账面净值（设备原值－累计折旧）30%的报废变卖收入，系统称之为特别收入，报废时生产线的账面净值作为特别费用列入费用栏。不过，一般情况下，报废生产线是不得已而为之，这种情况往往出现在起初制订大规模的经营战略，而后续的市场环境和经营情况不佳。

（二）维修保养费用的投入（X 的调整）

维修保养费用是企业对设备进行维修保养所支出的费用，每一周期都必须投入，费用总额在 1~100 万元之间进行选择，维修保养费用支出与对应的维修保养系数见表 1-1。

表 1-1 维修保养费用和维修保养系数的关系

每周期的费用（百万元）	0.01	0.04	0.07	0.10	0.30	0.50	1.00
维修保养系数	0.40	0.55	0.75	0.90	0.94	0.98	0.99

企业应根据投入费用的边际效用和实际需要确定投入的维修保养费用。一般情况下，

投入 10 万元，达到 0.9 的水平效用是比较好的。有时在市场形势好，但又不想增加企业生产线的情况下，可以把维修保养费用投入增加到 30 万或 50 万，使系数达到 0.94 或 0.98，但也要进行投入与产出的预估和比较。下面以 10 增加到 30 为例分析投入产出情况。

设模拟企业有 5 条生产线，生产合理化系数为 1.3，人员的工资费用与第 0 周期持平，福利费用按工资的 80% 支付，原材料和附件按第 0 周期的 45 001～70 000 档的采购单价计算（此时原材料是 70 元/单位，附件是 150 元/单位），则维修保养费用为 10 万时，

$$设备生产能力 = 5 \times 6\ 500 \times 0.9 \times 1.3 = 38\ 025（单位）$$

维修保养费用增加到 30 万时，

$$设备生产能力 = 5 \times 6\ 500 \times 0.94 \times 1.3 = 39\ 715（单位）$$

此时，设备能力增加量为 $39\ 715 - 38\ 025 = 1\ 690$（单位）。假设这 1 690 单位设备能力都来生产 E 产品，则因此而增加的直接材料和直接人工费用为

$$1\ 690 \times (90 + 150 + 30) + 1\ 690 \times 30\ 000 \times (1 + 80\%)/250 = 821\ 340（元）$$

再加上增加的 20 万维修保养费用投入，假设其他因素如销售费用、研发费用、管理费用都没有变化，则总的投入增加为

$$821\ 340 + 200\ 000 = 1\ 021\ 340（元）$$

假设增加的投入刚好等于增加的销售收入，设 E 的销售价格为 P，则

$$1\ 690 \times P = 1\ 021\ 340，得出 P = 604.34 元/台。$$

即当一般市场 E 产品量大于 604.34 元/台时，这个决策就是可行的，当然以上分析比较的思路是在假设工资水平不变、原材料和附件又是以较低的单价购得的，如果实际决策时情况不一样，就必须考虑这些因素，但决策思路是一样的。另外，要注意的是不管企业投入多少维修保养费用，维修保养系数始终是小于 1 的，因为机器不可能一刻不停地运转，所以，必须考虑资金的边际效用。

（三）生产合理化投资（Y 的调整）

现实中企业经常对生产线进行升级改造，以提升其生产能力，仿真系统称之为生产线的合理化投资，它能使生产线在可供支配的时间内发挥更多的生产能力。与维修保养费用投入不同的是，生产合理化不必在每一周期重复投入，一次投资所实现的合理化程度将一直保持着，继续投资的话会产生累积效应。生产合理化累计投资额与生产合理化系数对应关系见表 1-2。

表 1-2　累计的合理化费用和合理化系数的关系

累计投入的合理化费用（百万）	0.00	1.00	2.00	3.00	4.00	5.00	8.00
生产合理化系数	1.00	1.03	1.09	1.18	1.25	1.30	1.35

从表 1-2 可以看出，生产合理化系数一定大于或等于 1（累计投入为 0 时的系数），企业应根据投入费用的边际效用和实际需要确定投入的生产合理化费用。

除了通过以上三种方式来调整企业生产线的生产能力外，企业还可以通过延长设备的

工作时间即加班来提高生产能力。当企业实际的生产能力不能满足完成生产计划所需时，系统自动进行加班，通过加班设备的生产能力最多提高 10%，且将发生 30 万元的固定附加费用，若加班后企业的生产能力仍不能完成生产计划（此时设备或人员的负载率中至少有一个为 110%），系统不会再进行加班，生产计划将不能完成。

> **经验宝典：**
>
> 一般情况下，我们会把目标的生产合理化系统定为 1.3，即累计的生产合理化投资为 500 万元，在前一个或两个周期把它投足，使设备生产能力增加 30%，这样可以充分地利用原有生产线扩大生产规模，实现规模效应。要注意的是仿真系统没有把生产合理化费用作为固定资产增加部分，进行多周期的计提折旧，而是以费用的形式全部计入当期成本，故这会导致投资当期利润的大幅下降，所以，越早投入越合理。

四、生产人员的生产能力及其调整

模拟企业的生产人员包括自然人和机器人，一个机器人可以替代一个自然人，且可以提高企业的自动化程度。一个机器人的购买价格为 32 万元，折旧期为 8 年，折旧方式为平均年限法，且期末残值为 0。故

$$机器人年折旧费用 = \frac{机器人原值 - 期末残值}{总折旧年数} = \frac{32-0}{8} = 4（万元）$$

假设工资水平与第 0 周期持平，社会福利费用为工资的 80%，则一个自然人生产人员一年的工资与福利费用为

$$3 \times （1 + 80\%） = 5.4（万元）$$

由此可见，相对于自然人而言机器人的成本更低，而且机器人不像自然人那样工资水平会发生变动，因而购买一定量的机器人，不但可以降低成本，而且可以保持企业生产成本的稳定性，降低因人员工资大幅上升给企业成本造成的压力。为了充分利用这个优势，一般在经营初期就要买入机器人，但这会导致企业的贷款居高不下，对企业的现金流造成一定的压力，所以，机器人不是越多越好，一个经典且有效的配比是一条生产线配备 10 个左右的机器人。

企业可以通过招聘新的生产人员、购买机器人或加班来提高企业的人员生产能力，也可以通过辞退原有的生产人员来降低企业的人员生产能力（注：生产人员每周期都有一定量的流失）。人员生产能力调整决策的思路是根据生产计划及每个产品生产的人员消耗计算所需的生产人员总数，再结合企业目前雇用的生产人员数、自行流失数及机器人数量，进行招聘和辞退，或购买机器人。

当企业的人员生产能力不能满足生产需求时，系统自动加班，最多能提升 10% 的生产能力，且要发生加班津贴，占周期生产人员工资总额的 25%。值得注意的是，当生产线生产能力或人员生产能力不足时，中标产品和特殊产品的生产有优先权。生产设备或生产人

员为扩大生产能力加班而形成的 30 万元设备加班费和占生产人员工资总额 25%的人员加班费，无论加班幅度多少都是不变的，即加班 1%和加班 10%所形成的加班费相同；无论是设备还是人员，只要有一项加班，两项加班费用都会同时发生。所以，如要加班的话，应让设备和人员同时加班，且最好加足 10%。由于加班会导致成本大幅上涨，故一定要准确计算和调整设备和人员的生产能力，不到万不得已不加班。

综上所述，企业生产部门进行设备能力和人员能力决策的总体思路有两种，详见以下例题。

【生产调整实例】

表 1-3　第 1 周期周期形势表

市场容量	市场容量与上一周期相比，将大幅度增长，增幅为 13.04%
原材料	原材料价格与第 0 周期相比，将有明显下降，减幅为 −8%
附件	附件价格与第 0 周期相比，将有明显下降，减幅为 −9%
人员费用	工薪水平与第 0 周期相比，将基本持平
批量招标	本周期招标产品为 E 型，数量为 3 300 台
批量订购	特殊产品订购为 B 型，数量为 5 000 台
订购价格	特殊产品单位定价已由用户给定，为 1 030 元/台

第一种思路：根据销售决策中预测的行业平均销售量，确定企业本周期的初步生产计划，据此调整企业的设备生产能力，再按照设备充分利用（负载率 100%）的原则，反过来微调生产计划，确定最终的生产计划，再据此进行企业人员生产能力的调整和决策。

以第 1 周期企业决策为例。由上述的市场形势可以看出，本周期市场形势很好，市场容量大幅增加，而且，原材料成本有较大幅度下降，工资水平基本不变，附加市场 I 有招标 3 300 台，附加市场 II 上有一张订单 5 000 台的 B 型产品，价格为 1 030 元/台。根据以往的决策经验（因第 1 周期无历史的行业企业决策数据做参考，所以只能凭借经验），预计一般市场 E 产品的平均价格在 930 元/台左右，对应的平均销售量是 33 000 台左右。本企业采用中规模、中价格和中质量水平的经营战略，因此，企业初步的生产计划为 33 000 台 E 产品和 5 000 台 B 产品。由此可得，企业对设备能力总需求为

$$33\ 000 \times 1 + 5\ 000 \times 0.9 = 37\ 500（单位）$$

设企业投入 10 万元维修保养费用，维修保养系数为 0.9，生产合理化投资为 500 万元，生产合理化系数为 1.3，此时企业拥有的设备能力为

$$6\ 500 \times 4 \times 0.9 \times 1.3 = 30\ 420 < 37\ 500（单位）$$

故现有设备能力不足，缺口为 37 500 − 30 420 = 7 080（单位），因缺口较大，故首先考虑增加生产线，设需增加 N 条，则

$6\ 500 \times N \times 0.9 \times 1.3 = 7\ 080$，得 $X = 0.93$ 条，与此值最接近的整数为 1，故增加 1 条生产线。

在增加 1 条生产线后企业的设备生产能力变成

$$6\ 500 \times 5 \times 0.9 \times 1.3 = 38\ 025（单位）$$

而完成初步生产计划的设备能力需求为 37 500 单位，故剩余设备能力为

$$38\,025-37\,500=525\,（单位）$$

按照设备充分利用的原则，剩余的 525 单位的设备能力用来生产 E 产品，即要对初步生产计划进行微调，E 产品的生产计划要增加 525/1＝525（台），E 最终的产量为 33 000＋525＝33 525（台）。

故调整后的生产计划为 E：33 525 台；B：5 000 台。

 【思考与讨论】

为什么只能对一般市场产品 E 的计划量进行调整，而不能调整特殊产品 B 的产量？且只能微调？

调整生产计划后，则

$$设备负载率=\frac{所需生产能力}{拥有生产能力}\times100\%=\frac{33\,525\times1+5\,000\times0.9}{38\,025}\times100\%=100\%，故达到$$

满负荷运转的目标。

下面再根据最终的生产计划计算生产人员需求量。

$$生产人员需求量=\frac{33\,525}{250}+\frac{5\,000}{280}=134.1+17.86=151.96\approx152\,（人）$$

式中，250 为一个生产人员一个经营周期可生产的 E 型产品台数，280 为一个生产人员一个经营周期可生产的 B 型产品台数，因为人总是以整数计算的，所以最终所需的生产人员总数为 152 人，这里不是四舍五入的概念，哪怕算出来只需要 151.03 人，也要安排 152 个人去生产，否则就会导致加班，使成本急剧上升。当然，现实中不会定量到这么精确，但是作为实训教学，为了训练和培养学生基于数据定量分析的科学决策能力，这样严谨的要求是必要的。

生产人员总需求明确后，就可以决定生产人员招聘和机器人的购买。已知企业原有生产人员 94 人，设本周期福利费用是工资的 80%，则会使生产人员自行流失 4 人，最终剩余 90 名生产人员，故人员缺口为 152－90＝62（人）。已经阐述过配备一定数量的机器人不但可以降低成本，而且能保持企业生产成本的稳定性，考虑到企业共有 5 条生产线，按每条配 10 个机器人的经验，决定购买 50 个机器人，则新招聘生产人员需求数为

152－50－90＝12（人），则

$$生产人员负载率=\frac{所需生产人员数量}{拥有生产人员数量}\times100\%=\frac{134.1+17.86}{152}\times100\%=99.97\%\approx$$

100%，达到满负荷运转的目标。

系统设定每周期均会产生生产人员自行流动数，流走人数多少为随机数，但和两个因素有关：企业支付的社会福利费用比例和前一周期原有的生产人员总数。在同样人数的情况下，社会福利费用支付比例越高，流走人数越少；在同样的福利费用比例下，原有生产人员越多，流走人数越多。通常，生产人员 100 人左右，社会福利费用支付比例占生产人

员工资总额的 80%时，流走人数为 4～5 人；社会福利费用支付比例占生产人员工资总额的 75%时，流走人数为 6～7 人。如社会福利费用支付比例为 80%，当原有生产人员为 100 人左右时，流走人数为 4～5 人；当原有生产人员为 120 人左右时，流走人数为 7～8 人，依次类推。

第二种思路：根据设备充分利用的原则，由既定规模下的设备能力来反推生产计划，并据此进行生产人员调整决策。

仍然用上例，由上述的市场形势可以看出，本周期市场形势很好，市场容量大幅增加，而且原材料成本有较大下降，工资水平基本不变，附加市场 I 有招标 3 300 台，附加市场 II 有一张 5 000 台 B 产品的订单，价格为 1 030 元/台。在这样一个形势下，因为是第 1 周期，从稳健的角度考虑，企业采取中等规模、中等价格与中等质量战略。中等规模一般是指企业有 5 条生产线，故企业应该再投资一条生产线，维修保养费用投入仍为 10 万元，系数为 0.9，生产合理化投资 500 万元，则此时企业设备的总生产能力为

$$6\,500 \times 5 \times 0.9 \times 1.3 = 38\,025（单位）$$

首先满足附加市场 II 的订单生产，需要 5 000×0.9=4 500（单位），根据设备充分利用原则，剩余的设备能力用来生产一般市场的 E 产品，则可以生产 E 产品产量为

$$(38\,025 - 4\,500)/1 = 33\,525（台）$$

故最终的生产计划为 33 525 台 E 产品和 5 000 台 B 产品，据此再来安排生产人员同上，此时，设备和人员都达到了充分利用。

由此，与第 0 周期相比较，调整后的设备和人员生产能力及其负荷见表 1-4。

表 1-4　市场生产数据报告——人员与生产报告

人员报告 I			人员报告 II	
	生产部门	研究开发部门	部门	人员（人）
期初人员	94	8	销售	45
+招聘	12	0	采购	5
−辞退	0	0	管理	25
−流动	4	—	管理的合理化系数	1.3
=期末人员	112	8		
生产报告 I			生产报告 II		
	生产线（条）	机器人（个）		加工（台）	加工（台）	人员要求（人）
前周期	4	0	一般产品	33 525	33 525	84.1
+投资	1	50	特殊产品	5 000	5 000	17.8
−变卖	0	—	合计	38 525	38 525	112
本周期	5	50	负载率（%）	—	100	100
生产报告 III						
生产线的合理化系数	1.3					
生产线维修保养系数	0.9					
生产线负载率 100%时的生产能力	38 025					

经
验
宝
典
：

> 　　企业经营的第一目标是生存，然后再求发展。所以，经营初期维持中等规模是上策，易攻易守，如果后续很多企业倒闭或市场形势很好，就可以扩大规模，反之，则维持现有规模。机器人一般在前两个周期按经验配比买足，以充分利用其优势。

【思考与讨论】

　　本例中在发现设备能力有 7 080 单位的缺口时，如果不增加生产线，还能通过什么方式来提升设备能力？试比较它们的成本大小。

巩固练习2

　　1. 在根据设备充分利用的原则微调生产计划时，为什么只能对一般市场产品 E 的计划量进行调整，而不能调整特殊产品 B？且只能微调？

　　2. 若某企业本周期的生产计划为 E 产品 75 800 台，I 产品 5 000 台。企业原有 5 条生产线，每条生产线理论可以发挥的生产能力为 6 500 单位，维修保养系数为 0.9，生产合理化系数为 1.09，请计算完成此生产计划需多少条生产线，需要购买几条？为了使生产线做满负荷运转，该怎么调整生产计划，或维修保养系数，或生产合理化系数？请列举几套方案。

　　3.（以第 2 题为基础）请给调整后的生产计划（如没有调整就按原来的计算）计算所需生产人员数。企业原有生产人员 200 人，福利 80%，请计算招聘的生产人员数量。

　　4. 若该企业有一条多余的生产线给予报废，已经提取折旧 5 年，40 万元/年，请计算该条生产线报废所得。

　　5. 某企业有 7 条生产线，若维修保养系数为 0.9，生产合理化系数为 1.25，如果企业决定继续按该生产规模进行生产。已知，本周期附加市场 II 有一张 4 500 台 I 产品的订单，请按照生产线充分利用的原则来安排本周期的生产计划，并据此核算生产人员需求量。

第五节　采购部门决策

一、采购部门的基本情况

　　模拟企业的采购部门共聘用了 5 名年薪为 3 万元的职工，他们根据企业生产的要求及时订购和提供所需要的原材料、附件和辅助生产材料。采购部门每周期会发生 15 万元的固定费用，部门的员工不会自行流失，每周期保持不变。采购部门必须就原材料和附件的

订购批量做出决策，仿真系统设定原材料和附件为瞬时进货，即在周期开始时就可供使用。原材料和附件每周期的采购价格都会在第 0 周期的基础上有一定的波动，波动的幅度会在周期形势中指明，第 0 周期原材料及附件订购批量及单价对照见表 1-5。

表 1-5　原材料及附件订购批量与单价对照表

定 购 量	价 格	
	原材料	附件
0～25 000	100	200
25 001～45 000	90	170
45 001～70 000	70	150
70 001～…	60	140

如果企业在周期内订购的原材料和附件数量不能满足生产需要，系统将自动采取平衡措施。例如，通过特快寄送、空运等方式进行紧急供货，但价格将提高 30%。另外，仿真系统设定模拟企业有足够的仓库供原材料、附件和辅助生产材料存放，从而不形成仓库费用。但产成品例外，仿真系统设定企业现有仓库场地可供储存 2 000 台打印机，不形成额外费用。如产品库存量再增加就必须租用仓库，租用费用为 4 万元，每满 1 000 台将再增加仓库租用费用 4 万元，不到 1 000 台的按 1 000 台计，企业可不受限制地租用多个仓库，仓库的租用和取消都是由系统自动进行的。

二、原材料及附件采购决策

采购部门首先要根据本周期企业的生产计划和各产品的材料消耗指标核算原材料和附件的需求量，再结合库存数量、数量折扣、库存费用和短期费用等因素确定最终的订购量。其计算公式为

本周期订购量＝周期计划产品数量×单位产品的材料消耗－上周期库存量＋本周期期末期望库存量

根据上述公式计算的原材料订购量是最小量，并没有考虑大批量订购带来的价格折扣。采购部门在做原材料和附件采购批量的决策时，必须实现以下目标。

① 满足企业生产计划的需求。

② 尽可能地降低原材料和附件的采购单价。

③ 不能因大批量采购而占用过多的资金，导致利息费用的上升。

综合以上目标，采购部门必须在大批量采购带来的单价降低与由此引发的资金过多占用而导致利息费用上升之间平衡，衡量平衡的标准或决策的标准就是考虑资金成本后材料单位成本低的方案为佳。

【材料订购决策实例】

沿用生产调整决策中的案例，由上文可得最终的生产计划为 33 525 台 E 型产品和 5 000 台 B 型产品。则此生产计划要求原材料数量为

$$33\,525×1＋5\,000×1＝38\,525（单位）$$

设原材料期初库存为 0，期末期望库存仍为 0，则满足生产计划的原材料最小订购量为

$$38\,525-0+0=38\,525（单位）$$

对照表 1-5，此批量属于第二档，原材料单价为 90 元。我们把此方案称为第一方案。

为了降低单价，把采购量上调一档到 45 001～70 000（单位），即采购 45 001 单位，此为第二方案。

由于第二方案的采购量仍未达到最大批量，且本周期原材料和附件较第 0 周期有明显下降，又因在企业规模不变的情况下，如果按满负荷生产，则每周期原材料和附件的需求量大体相当，因而两周期原材料需求量约为

$$38\,525\times2=77\,050（单位）$$

考虑留有一定的余量，所以，可以采购 77 800 单位，此时已经属于最大批量，此为第三方案。

下面来比较考虑资金成本后各方案的原材料单位成本，设利率为 11%，理论上材料的单位成本还应考虑其库存费用，但由于仿真系统设定原材料和附件不需要库存费用，故只考虑利息和采购成本。

第一方案：原材料的总成本费用为

$$38\,525\times90\times（1+11\%）$$

则原材料的单位成本为

$$38\,525\times90\times（1+11\%）/38\,525=90\times（1+11\%）=99.9（元）$$

第二方案：第一年总成本费用为

$$45\,001\times70\times（1+11\%）$$

因剩余的 $45\,001-38\,525=6\,476$（单位）原材料仍占用着资金，故仍将产生一个周期（假设剩余的原材料在第二周期全部用完）的利息费用，数值为 $6\,476\times70\times11\%$，故第二方案总成本费用为

$$45\,001\times70\times（1+11\%）+6\,476\times70\times11\%$$

则第二方案原材料的单位成本为

$$[45\,001\times70\times（1+11\%）+6\,476\times70\times11\%]/45\,001=78.81（元）$$

第三方案：第一年总成本费用为

$$77\,800\times60\times（1+11\%）$$

因为剩余的 $77\,800-38\,525=39\,275$（单位）原材料仍占用着资金，故仍将产生一个周期（假设剩余的原材料在第二周期全部用完）的利息费用，数值为 $39\,275\times60\times11\%$，故第三方案的总成本为

$$77\,800\times60\times（1+11\%）+39\,275\times60\times11\%$$

则该方案的原材料的单位成本为

$$[77\,800\times60\times（1+11\%）+39\,275\times60\times11\%]/77\,800=69.93（元）$$

比较 3 个方案原材料的单位成本可知第三方案最低，故采用第三方案，即一周期采购两周期的用量，并留有一定余地。

一般情况下，只要原材料和附件涨幅不超过 15%，当企业有 5 条生产线且生产合理化系数为 1.3 左右时，可以采用一周期采购两周期用量的方式；当企业有 6～8 条生产线且生产合理化系数为 1.3 左右时，可以采用两周期采购三周期用量的方式；当企业有 10 条（含）以上生产线且生产合理化系数为 1.3 左右时，直接就按所需量采购，这样做的目的都是实现最大批量的订购，以降低采购单价，同时，不会产生高昂的利息费用，而且，还会使后续周期的中期贷款更少。

经验宝典

【现学现练】

附件与原材料订购批量决策原理相同，请仍以上题为例对附件订购量进行决策。在完成原材料和附件的采购决策后，该企业的仓库报告见表 1-6。

表 1-6　企业的原材料和附件仓库报告

| | 仓库报告 I：原材料 | | | | 仓库报告 III：附件 | | |
| | 量 | 价 | 值 | | 量 | 价 | 值 |
	（台）	（元/台）	（百万元）		（台）	（元/台）	（百万元）
期初库存	0	0	0	期初库存	200	200	0.04
＋增加	77 800	55.2	4.29	＋增加	70 001	127.4	8.91
－消耗	38 525	55.2	2.12	－消耗	33 525	127.6	4.27
＝期末库存	39 275	55.2	2.16	＝期末库存	36 676	127.6	4.68

从附件仓库报告中我们发现，期初有库存 200 台，单价 200 元，增加的 70 001 台即为本周期采购的数量，其采购单价为 $140 \times (1-9\%) = 127.4$（元），本周期生产共用去 33 525 台，按 127.6 元的单价来核算成本。这里涉及存货的计价方法问题，存货计价方法通常包含 3 种，即先进先出、后进先出和加权平均。仿真软件采用加权平均法来核算。下面以一个实例来阐述存货的 3 种计价方法。

【存货计价实例】

大成公司对原材料 A 采购和领用日志如下。

① 2010 年 9 月 3 日，购进 A 原材料 3 000 件，单价 20 元/件，该原材料期初库存为 0。

② 2010 年 9 月 28 日，购进 A 原材料 3 000 件，单价 24 元/件。

③ 2010 年 10 月 5 日，生产车间领用 A 原材料 5 000 件，用于生产当月产品。

请计算这 5 000 件 A 原材料的成本。

方法一： 先进先出法，即假设先购进的先领用。则这 5 000 件 A 原材料的成本分为两个部分。

① 第一批的 3 000 件，单价 20 元/件。

② 第二批的 2 000 件，单价 24 元/件。

故这 5 000 件 A 原材料的总成本是这两部分之和，即为 108 000 元。

方法二：后进先出法，即假设后购进的先领用。则这 5 000 件 A 原材料的成本也分为两个部分。

① 第二批的 3 000 件，单价 24 元/件。

② 第一批的 2 000 件，单价 20 元/件。

故这 5 000 件 A 原材料的总成本是这两部分之和，即为 112 000 元。

方法三：加权平均法，公式为

$$加权平均成本＝（P_1×Q_1＋P_2×Q_2＋P_3×Q_3＋\cdots）／（Q_1＋Q_2＋Q_3＋\cdots）$$

所以，加权平均的附件单价为（3 000×20＋3 000×24）/6 000＝22（元/件）

故这 50 000 件 A 原材料的总成本为 5 000×22＝110 000（元）

巩固练习 3

1. 若企业某周期的生产计划为 60 000 台产品 E，8 000 台产品 B，假设期初原材料和附件库存都为 0，请对原材料和附件的采购量进行决策。设贷款利息为 11%，试举几个采购方案，进行比较。

2. 某企业原有库存原材料 5 000 件，采购价 18 元/件，现又采购 20 000 件，采购价 14 元/件，一日生产部门领用 10 000 件该原材料用于生产。请分别用先进先出、后进先出和加权平均法计算这些原材料总成本。

第六节　研发与人事部门概况及决策要点

一、研发部门概况

模拟企业的研究开发部门职工人数、改进产品质量的其他研究开发费用和企业社会福利费用的投入影响产品质量，从而影响产品销售量和销售额。产品质量与销售量（额）之间的关系如图 1-7 所示。

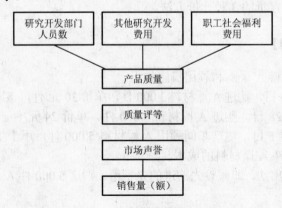

图 1-7　产品质量与销售量关系

在第 0 周期中，各模拟企业研究开发部门共有 8 名职工，每人年薪为 5 万元，其他研究开发费用投入为 39 万元，社会福利费用为工资总额的 80%。如果研究开发部门职工人数少于 2 人，或其他研究开发费用投入少于 20 万元，将会造成产品技术性能的迅速老化，从而严重影响产品的销售。社会福利费用的减少，会挫伤职工的积极性，也将会影响到产品的质量。在第 0 周期中，各模拟企业的产品质量均被评为等级 3。

如果研究开发部门的人员费用、其他研究开发费用和增加的社会福利费用超过销售额的 12%，销售量和销售额的增加将趋于平缓，不会再有明显的上升。此外，研究开发部门每年还会发生与人员数无关的固定费用 5 万元，划入其他固定费用一栏。

二、人事部门概况

模拟企业的人事部门根据企业产品的生产、销售和研究开发等工作的人员需求制订人事计划，实施人员的招聘或辞退，确定企业职工的社会福利费用。当企业生产人员和研究开发人员不足或过剩时，可向社会招聘新的人员或辞退原有人员。与此同时，形成相应的招聘或辞退费用。

1. 招聘

每增加一个研究开发人员或生产人员，将发生 1 万元招聘费用（不包括销售人员）。

2. 辞退

每辞退一个研究开发人员或生产人员，将发生辞退费用 0.8 万元（不包括销售人员）。

如在生产部门一次辞退的生产人员数多达原有生产人员的 10% 时，必须为这些人员制订社会福利计划。在这种情况下，平均每个被辞退的生产人员费用为 1.5 万元。

3. 职工社会福利费用

人事部门还应确定适当的社会福利费用占工资的比例。社会福利费用包括职工医疗保险费、教育培训费等（销售人员无社会福利费用）。职工社会福利费用多少将会影响到生产人员自行流动数、产品质量评等和次品返修、报废费用等。

在第 0 周期，职工社会福利费用为职工工资总额的 80%，它可任意提高或降低，但最低不能低于工资总额的 65%。

对职工的聘用、辞退和生产人员的自行流动在周期初就生效。第 0 周期各部门的职工人数及年薪情况见表 1-7。

表 1-7　各部门职工人数及周期薪水情况

部门	周期薪水	职工人数
管理部门	3.5 万	25
销售部门	3.5 万	40
采购部门	3 万	5
生产部门	3 万	94
研发部门	5 万	8

上表中周期薪水会随周期形势而变动，职工人数除了管理和采购部门固定外，其他也会随企业决策而变化。

三、研发与人事决策要点

模拟企业研发与人事决策的重点在于如何科学地进行研发人员聘用、产品改进费用投入和社会福利费用比例确定这 3 个方面的联合决策，这是影响企业产品质量最直接的 3 个因素。这个决策的准则是以最低的投入实现企业预期的产品质量等级。根据过往的决策经验，总结出以下几个要点。

① 由于产品质量不是影响模拟企业产品销售的最关键因素，一般没有必要把质量提高到最高级（1 级），它不如降价对销售的促进作用来得直接，所以，一般只要把质量控制在 2 级或 3 级即可，不能到 4 级和 5 级。

② 警惕引起模拟企业产品质量迅速老化的几个关键点，研发费用不能少于 20 万元，研发人员不能少于 2 人，福利费用占工资的比例不能低于 65%。在决策时，不能低于这些临界点。

③ 只要不是超大规模（生产线大于 10 条），研发部门已有的 8 个人员已能满足企业研发的需要，不要再进行招聘。

④ 如果企业产品的目标质量等级为 3 级，只要把产品改进费用投入降到最低点 20 万元，社会福利比例调到 80%即可，这样的配比投入接近最低成本。如果目标等级是 2 级，可以把社会福利比例调到 85%~90%，再来调整产品改进费用的投入，可以通过系统的预算功能进行多次调试，力求以最小的配比投入达到 2 级质量水平。

第七节　管理部门概况及决策要点

一、管理部门概况

模拟企业的管理部门共聘用了 25 名管理人员，这些管理人员数量不受经营状况及企业经营决策的影响而保持稳定。除人员费用外，管理部门每周还将发生其他固定费用 100 万元，划入其他固定费用一栏，维修保养费用 5 万元（系统自动进行投入）。

管理部门可通过管理合理化投资，租赁计算机硬件和软件系统而实现管理合理化，就像现实中的企业制订开发或购买标准的 ERP 软件，通过这些软件和计算机的应用来简化和再造企业原有的工作流程，从而进行原有人员的调整和配置，以提升管理的效率，降低管理成本。与生产合理化投资不同的是租赁计算机硬件和软件系统的合理化投资必须在每一周期内重新进行，以期达到合理化效果。管理合理化投资、系数及费用节省见表 1-8。

表 1-8　管理合理化投资、合理化系数和人员费用节省的关系

合理化投资	合理化系数	人员费用节省率
0	1.00	0
≥15 万元	1.15	12%
≥30 万元	1.32	25%
≥60 万元	1.35	30%

二、管理合理化投资决策要点

（一）投资的可行性分析

管理部门决策主要是指管理合理化投资决策，因管理合理化投资、合理化系数和人员费用节省率已知，所以，判断某个投资额是否科学的标准是节省的人员费用是否大于投资成本，若大于则可行，反之则不可行。

【投资方案可行性分析实例】

以投资 15 万元为例，假设管理部门员工工资水平与第 0 周期持平，为 3.5 万元，福利比例为工资的 80%，资金的贷款利息为 9%，则管理部门的人员费用总额为

$$25×3.5（1+80\%）=157.5（万元）$$

因合理化投资能节省 12%，故节省费用为

$$157.5×12\%=18.9（万元）$$

投资 15 万元的成本为（考虑资金成本）15×（1+9%）=16.35（万元）<18.9（万元），故投资 15 万元可行。

【现学现练】

1. 假设管理部门员工工资水平与第 0 周期持平为 3.5 万元，福利比例为工资的 80%，资金的贷款利息为 9%，对管理合理化投资为 30 万（和 60 万）的方案进行可行性分析，并结合上例对 15 万元、30 万元和 60 万元 3 个方案进行比较，选出最优投资方案。（答案：30 万元可行，60 万元不可行，30 万元为最优方案）

2. 请问如果管理人员的工资涨了，上题中投资方案的合理性是否会发生改变？

（二）投资方案的灵敏度分析

下面进行可行方案对工资变化的灵敏度分析，即工资在多大范围内变动时方案的可行性是不会发生改变的。由于管理合理化投资引起的管理部门人员费用节省比率是固定的，所以，工资水平在与第 0 周期持平时可行的方案，随着工资的增加，其可行性肯定不变，且合理性更加明显，但随着工资的降低，原来可行的方案也可能变得不可行。故决策者必须明确投资方案可行的范围。下面举例说明。

【投资方案灵敏度分析实例】

以 15 万元为例，第 0 周期管理人员的工资为 3.5 万元，设福利比例为工资的 80%，资金的贷款利息为 9%，问当人员工资较第 0 周期降幅超过多少时方案不可行？

设降幅达到 x 时，15 万元的投资方案刚好达到盈亏平衡，即节省费用等于投资成本。

$$25×3.5×（1-x）×（1+80\%）×12\%=15×（1+9\%）$$

得出 $x=0.1349$，故当工资降幅超过 13.49% 时，15 万元的投资方案不可行，所以，该方案可行的范围是人员工资降幅小于 13.49%。

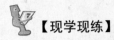

【现学现练】

基于上例，请分析在人员工资水平降幅超过多少时，管理合理化投资 30 万元的方案变为不可行？

第八节　财务部门概况

财务部门对企业产品销售收入、生产经营成本及其成果进行全面核算，为企业决策提供科学有用的依据，并进行与企业经营相关的支付、投资和筹资等活动。

一、用户支付方式

经营周期内企业的产品销售收入（销售额）在本周期可收到 80%，其余 20%将以应收账款的形式在下周期收回，故企业当期作为销售收入的现金流为本周销售收入的 80%与上周期销售收入的 20%之和。

在第 0 周期中，各模拟企业在竞争市场上 E 型产品的销售价格为 1 150 元/台，销售量为 22 015 台，销售收入为 2 542 万元；附加市场 I 上没有招标活动；附加市场 II 上某大用户以 850 元/台的单价订购 B 型产品 2 000 台，各企业全部予以生产，销售收入为 170 万元。由此，第 0 周期各模拟企业销售收入总额为 2 712 万元，则当期可以收到 2 170 万元，收回上周期销售收入的 20%，即 570 万元，本期收到现金合计为 2 740 万元。

二、资金贷款种类与利率

如企业生产经营活动所需资金不足，可向银行提出贷款。贷款方式分为长期、中期和透支贷款 3 种。各种方式的资金贷款条件和利息如下。

1. 长期贷款

仿真系统设定模拟企业从第 0 周期就已在使用 600 万元的长期贷款，贷款期限为 15 年，不能提前归还，年息率为 8.2%。

2. 中期贷款

仿真系统设定中期贷款期限为 1 年，即在下一经营周期（年度）必须还本付息，相当于现实企业财务会计中的短期贷款。

中期贷款的利率取决于中期贷款数额超过自有资金（相当于企业的所有者权益）的幅度。仿真系统设定：

中期贷款不超过自有资金部分利率为 9%；

中期贷款在自有资金 1 倍与 2 倍间的部分利率为 11%；

中期贷款超过自有资金 2 倍部分利率为 13%。

3. 透支贷款

企业中期贷款应考虑满足每个经营周期生产经营活动的需要，且每个经营周期期末至

少要有 10 万元的现金储备。如果贷款不足，系统将自动实行透支贷款。透支贷款利率为 15%，即在下一经营周期（年度）必须按 15%的利率还本付息。

> 由于系统预算时只要价格不是太高，它都会以一般市场全部售完的乐观情况估计企业当期的现金流入，故在进行贷款预算时，务必要留有一定的余额，以避免因销售不如预测乐观而导致现金流入减少，从而导致贷款透支。留有资金的额度可以根据企业当期 E 产品的价格及预期库存量而定。一般情况下，留有 1.5～2.5 百万元，如果决策者对自己制定的价格非常有信心，可以留得更少。

 【周期应付利息计算实例】

设在第 0 周期应归还前周期的中期贷款 885 万元。前周期自有资金为 747 万元，另外各企业的长期贷款都为 600 万元。则在第 0 周期应付利息计算如下。

$$747\text{ 万元}\times 9\%=67.23\text{ 万元}$$
$$138\text{ 万元}\times 11\%=15.18\text{ 万元}$$
$$600\text{ 万元}\times 8.2\%=49.2\text{ 万元}$$

利息总额为

$$67.23+15.18+49.2=131.61\approx 132\text{（万元）}$$

系统设定在第 0 周期中，各模拟企业中期贷款额为 500 万元，下周期还本付息。

三、购买有价证券

企业如有多余现金，可进行相关的投资活动，仿真系统设定模拟企业可以向银行购买有价证券。本周期购买的有价证券，下周期系统自动收回，并将有 6%的利息作为购买有价证券投资收入。注意企业不要贷款去买有价证券。设在第 0 周期中，各模拟企业没有购买有价证券。

 【思考与讨论】

为什么模拟企业不能贷款购买有价证券？现实中企业有这样做的吗？

四、缴纳税收与支付股息

企业经营如有赢利，将按 40%的税率纳税，并按企业决策支付股东应有的股息，股息的实际支付将在下一周期进行。值得注意的是股息必须是企业税后利润支付的，所以，如果企业当期亏损就无法支付股息，或如果企业当期税后利润小于企业预期支付股息，则系统以税后利润为限，全部用于支付股息。如企业经营亏损，则无须纳税。亏损将被结转，直至企业盈利后再被结算。支付股息是系统评定经营成绩的重要指标，占总成绩的10%，具体支付决策技巧详见后续章节。

🔍 巩固练习4

以下达成公司某个周期的资产负债表，请结合该公司各类贷款的数量和企业的自有资金额度核算企业该周期的利息费用。

资产负债表

资产（百万元）		负债（百万元）	
固定资产		自有资金	
实物		注册资金	4
地产和厂房	3.6	资金储备	1
设备和生产设施	23.76	利润储备	6.38
流动资产		前周期亏损结转	0
库存		年终结余/年终亏损	0.81
原材料和附件	0.34	债务	
成品	6.11	贷款	
债权	7.94	长期贷款	6
有价证券	0	中期贷款	19
现金	0.1	透支贷款	4.66
资产合计	41.87	负债合计	41.87

第2章

成本核算和贷款决策

 知识目标

（1）理解总成本 TC、固定成本 FC 与变动成本 VC 的含义及三者的关系。

（2）理解产品单位成本、单位变动成本与单位固定成本的含义及三者的关系。

（3）了解降低产品单位成本的常用方法规模经济。

（4）理解边际贡献的含义及其对企业产品定价的指导意义。

（5）理解模拟企业成本核算的目标及思路。

（6）熟悉模拟企业四个大类成本费用的细化科目及其属性（直接成本/间接成本）。

（7）理解《成本发生部门核算》报表的结构及数据来源。

（8）熟悉《成本承担单元核算》报表的结构及各个成本间的关系。

（9）掌握《成本承担单元核算》报表中各类直接成本的核算方法及各类间接成本的分摊方法。

（10）理解为什么库存产品只能以单位制造成本计价。

（11）明确中期贷款决策的目标及中期贷款计算方法。

 能力目标

（1）能根据成本函数区分固定成本和变动成本，并能计算产品的单位成本、单位变动成本和单位固定成本。

（2）能根据企业产品的成本数据指导定价。

（3）能根据企业周期决策数据核算《成本类型核算报表》中的各个数值，并计算企业当期的总成本、变动成本和固定成本。

（4）能根据《成本发生部门核算》报表读取各个部门的间接费用总和。

（5）能根据《成本承担单元核算》报表计算企业各个产品的单位成本、单位变动成本和单位固定成本。

（6）能根据仿真系统的预算功能，进行中期贷款的合理决策。

第一节 成本性态分析

一、一个典型的成本公式

在核算成本前，先来回顾有关成本的性态，首先看一个典型的成本公式：

总成本（*TC*）＝固定成本（*FC*）＋变成成本（*VC*），即 $TC=FC+VC$

固定成本是在一定的范围内，不随产量的变化而变化的成本。它是企业生产的间接成本，如企业的厂房、设备折旧费用，管理人员工资费用等。

变动成本是随着产量的变化而变化的成本。它是因企业生产引起的直接成本，企业如果不生产就不会有这部分成本，故它主要是指投入产品生产的直接材料费用和直接人工费用。

例如，购买了一辆汽车后，汽车每年的折旧费、车船税和保险费是固定成本，不管你汽车开不开都要发生，而油费就是变动成本，是跟随汽车行驶旅程的增加而增加的，如果不开就不用油费。再如，某公司承包了一个学校食堂，承包费用为 100 万元/年，这 100 万元是固定成本，不管食堂是否开张都要支付的，而开张后要支付的食堂员工工资以及采购食品的费用为变动成本。

再来看这个公式的变形，我们把公式两边同时除以产量 Q，得到

$$TC/Q=FC/Q+VC/Q$$

TC/Q 是总成本除以产量，即为产品的单位成本。

FC/Q 是固定成本除以产量，即单位固定成本，或称为单位产品分摊的固定成本。

VC/Q 是变动成本除以产量，即为单位变动成本。

综上，产品的单位成本＝单位固定成本＋单位变动成本，从公式可以看出，为了降低产品的单位成本的一种可行的方法就是提高产量 Q，这就是我们通常提到的规模经济，大规模的生产不但能使单位成本所分摊的固定成本降低，而且也会降低产品的变动成本。各成本的关系如图 2-1 所示。

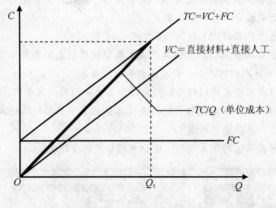

图 2-1　各类成本习性图

二、成本对定价的指导意义

在明确企业产品的成本后，就可以对企业产品的定价做到心中有数，一般而言，产品的价格不能低于其单位成本，但特殊时期或为了实现特定的目标（如消耗高库存、打垮竞争对手、提高市场占有率等），产品的单价可以低于单位成本，但不能低于其变动成本，否则不如停产关门（请思考为什么）。为了分析这个问题，我们需要引入边际贡献的概念。

所谓边际贡献（或称贡献毛益）是指产品销售收入超过变动成本部分的金额。边际贡献通常有两种表现形式：一是单位产品的边际贡献（简称单位边际贡献），它是产品的单价减去产品的单位变动成本；二是产品的品种边际贡献总额（简称品种边际贡献），它是某一产品的销售收入总额减去该产品的变动成本总额。计算公式分别为

单位边际贡献＝产品单价－单位变动成本

品种边际贡献＝品种销售收入总额－品种变动成本总额

从边际贡献的计算公式可以看出，单位边际贡献实际上包含了两部分基本内容：其中一部分是单位产品应当包含的固定成本；另一部分则是单位产品所能提供的利润，品种边际贡献亦是如此。因此，在产品销售后得到的边际贡献，首先是来弥补企业生产经营过程中发生的固定成本总额，在弥补了企业所发生的固定成本之后，如有多余部分，才构成企业的利润。

为了论述更加直观易懂，我们采用单位边际贡献的形式，先看以下公式

单位产品利润＝单价－单位成本

＝单价－（单位变动成本＋单位固定成本）

＝（单价－单位变动成本）－单位固定成本

＝单位边际贡献－单位固定成本

这里包含以下几种情况。

① 单位边际贡献＞单位固定成本，即产品单价＞产品单位成本。如果企业按此价格能售完全部产品，企业不但能收回生产经营的固定成本（它是沉没成本），而且，还有一定的利润，这是最理想的状况。

② 单位边际贡献＝单位固定成本，即产品单价等于产品单位成本。如果企业按此价格能售完全部产品，企业刚好能收回生产经营的固定成本，但利润为 0，企业处于盈亏平衡，此时企业的生产是合理的。

③ 单位边际贡献＜单位固定成本，但单位边际贡献＞0，即产品单价＞单位变动成本。如果企业按此价格能售完全部产品，企业虽然不能收回生产经营的全部固定成本，但至少能收回一部分，所以，此时企业虽然处于亏损状态，但继续生产和销售还是合理的。

④ 单位边际贡献＜单位固定成本，且单位边际贡献＜0，即产品单价＜单位变动成本。如果企业虽能按此价格能售完全部产品，但是，企业不但不能收回生产经营的固定成本，就连变动成本都难以全部回收，此时，企业不如关门停产。所以，产品单价不能低于产品的单位变动成本。

【产品成本计算实例】

设某企业一种产品的总成本函数为 $TC=10\,000+30Q$，请计算产量为 100 单位时该产品的单位成本，单位变动成本和单位固定成本。请问企业在最低能接受的该产品价格是多少？

单位成本 $=TC/Q=10\,000/Q+30$，当 $Q=100$ 时，

可得单位成本为 $100+30=130$（元）。

其中，单位固定成本 100 元，单位变动成本 30 元，因企业最低能接受的价格是产品的单位变动成本，故最低的价格为 30 元。

另外，值得注意的是现实中企业往往生产不止一个产品，而固定费用是总的一个数目，此时，为了核算不同产品的单位成本，我们先需要把总的固定成本按不同产品的变动成本大小分列开来，再来计算产品的单位成本。

【固定成本分摊实例】

企业在产品销售运输过程中，经常要给运输的产品购买运输保险，以防止运输过程中的意外事故给企业造成的损失，为了便于说明，我们假设企业某次运输的产品共包含 A、B、C 3 种产品，其单位价值和数量分别为：A，2 000 元/件，共 30 件；B，3 000 元/件，共 40 件；C，4 000 元/件，共 20 件。企业为这些产品购买运输保险的总费用为 2 600 元，这里的保险费用从某种意义上看，就是固定费用，那么，怎么把它分摊到 3 种产品上去呢，一个直观而且科学的做法是按价值比例进行分摊。即

A 产品的总价值：B 产品的总价值：C 产品的总价值 $=2\,000\times30：3\,000\times40：4\,000\times20=3：6：4$

故 A 产品要分摊的保险费用为

$$2\,600\times\frac{3}{13}=600\text{（元）}$$

B 产品要分摊的保险费用为

$$2\,600\times\frac{6}{13}=1200\text{（元）}$$

C 产品要分摊的保险费用为

$$2\,600\times\frac{4}{13}=800\text{（元）}$$

巩固练习 5

1. 已知某企业的总成本函数为 $TC=3\,500+3Q^2-10Q$。请计算当产量为 100 单位时，单位产品成本、单位变动成本及单位固定成本，一般企业在定价时，价格的最低限是多少？

2. 方园销售公司某个月的固定成本为 22 000 元，本月它销售产品的种类、数量及单位变动成本如下：A 产品，40 元/件，500 件；B 产品，60 元/件，600 件；C 产品，80 元/件，400 件，请计算 3 种产品各自的单位成本（固定成本按变动成本比例分摊）。

第二节　产品成本核算

一、成本核算的目标

模拟企业进行产品成本核算的目标是明确每种产品的单位成本、单位变动成本和单位固定成本，为企业决策提供依据。

为了达到上述目标，需要核算出每种产品的总成本、变动成本、固定成本及其产量。

二、周期决策数据回顾

本章在核算成本时延续使用第一章的决策数据，因而要上下联系起来。首先来回顾一下在第一章中已经做出的决策。

1. 销售决策

① 一般市场 E 产品价格：928.8 元/台。

② 广告费用：1.8 百万元。

③ 销售人员数量：45 个。

④ 市场研究报告：不购买（N）。

⑤ 不参加附加市场 I 的投标。

⑥ 接受附加市场 II 的订单。

2. 生产决策

① 生产线投资：1 条。

② 生产线维修保养费用：0.1 百万元。

③ 生产合理化投资：5 百万元。

④ 生产计划：E 产品 33525 台，B 产品 5000 台。

⑤ 机器人购买量：50 个。

⑥ 生产人员雇用数量：102 人。

3. 材料采购决策

① 原材料采购量：77 800 单位。

② 附件采购量：70 001 单位。

③ 辅助生产材料采购量：按需采购。

4. 产品质量决策

① 目标质量等级：3 级。

② 科研人员雇佣量：8 人，既不招聘也不辞退。

③ 产品改进费用：0.2 百万元。

④ 社会福利费用比例：80%。

5. 管理决策

① 管理合理化投资：0.3 百万元。

② 管理部门维修保养费用：0.05 百万元（系统自动决策，每周期重复）。

6. 人事决策

① 生产人员招聘：12 人。

② 销售人员招聘：45 人。

7. 财务决策

① 中期贷款数量：27 百万元。

② 计划支付股息：0.3 百万元。

③ 有价证券购买：不购买。

综合决策数据见表 2-1。

表 2-1　第 1 周期决策数据

销售决策		生产决策	
一般市场价格（元/台）	928.8	一般市场产品计划量（台）	33 525
广告费用投入（百万元）	1.8	生产线投资数（条）	1
销售人员人数（人）	45	生产线变卖数（条）	0
市场和生产研究报告（Y/N）	N	维修保养费用（百万元）	0.1
附一：投标价格（元/台）	0	生产合理化投资（百万元）	5
附二：特殊产品数（台）	5 000	生产人员招收数（人）	12
采购决策		生产人员辞退数（人）	0
购买原材料量（台）	77 800	购买机器人（人）	50
购买附件量（台）	70 001	财务决策	
质量决策		社会福利费用（%）	80
科研人员招收数（人）	0	中期贷款（百万元）	27
科研人员辞退数（人）	0	购买有价证券（百万元）	0
产品改进费用（百万元）	0.2	计划支付股息（百万元）	0.3
		管理合理化投资（百万元）	0.3

三、成本类型核算

在成本核算时我们要能读懂系统预算模块中的各种报表。首先，系统根据企业拟定的生产经营决策方案，进行生产经营成本类型核算，核算报表见表 2-2。

表2-2 产品成本类型核算报告（第1周期）

成本类型	（百万元）	成本类型说明
材料费用		
原材料	2.12	直接成本
附件	4.27	直接成本
生产材料	1.14	直接成本
人员费用		
工资费用	5.85	其中，直接成本3.06
人员附加费用	3.41	其中，直接成本2.44
招聘/辞退费用	0.12	间接成本
折旧费用		
厂房	0.2	间接成本
生产线	2	间接成本
机器人	2	间接成本
其他经营费用		
其他固定费用	1.6	间接成本
维修保养	0.15	间接成本
合理化	5.3	间接成本
返修/废品	0.45	间接成本
库存费用	0	间接成本
广告费用	1.8	间接成本
市场研究	0	间接成本
其他研究开发费用	0.2	间接成本
合　计	**30.63**	

（一）成本类型核算报告的总体信息

① 表 2-2 第一列说明模拟企业的成本可以分为四类：材料费用、人员费用、折旧费用和其他经营费用。

② 表 2-2 的第三列说明各类具体费用所属的成本类型：直接成本和间接成本，分别对应于变动成本与固定成本。

③ 从表 2-2 可得，本周期模拟企业的总成本（TC）＝固定成本（FC）＋变动成本（VC）＝17.6＋13.03＝30.63（百万元），但这里的成本没有按产品区别开来，所以，仍是总体的概念，需要进一步细化。

（二）成本类型核算报告的具体数值核算

1. 材料费用

（1）原材料费用。

本周期产品生产所消耗的原材料价值＝原材料单价×消耗数量

$$＝60×（1－8\%）×（33\,525＋5\,000）≈2.12（百万元）。$$

在采购决策时，我们采用一次订购两周用量的方法采购原材料，所以，仍有大约一周期的原材料用量存放在仓库中尚未用于生产，这些原材料不能计入当期成本，有期初库存时，原材料单价以加权平均法计算（详见第一章采购决策之仓库报告Ⅰ）。

（2）附件费用。

本周期产品生产所消耗的附件价值＝附件单价×消耗数量

$$＝127.6×33525≈4.27（百万元）$$

在采购决策时，我们也采用一次订购两周用量的方法采购附件，仍有大约一周期的附件用量存放在仓库中尚未用于生产，这些附件不能计入当期成本，有期初库存时，附件单价以加权平均法计算（详见第一章采购决策之仓库报告Ⅲ）。

（3）生产材料费用。生产材料费用是指辅助性的生产材料费用。一般 E 型产品每台30 元，B 型产品每台 28 元，第 1 周期该企业生产材料费用为

$$（30×33\ 525）＋（28×5\ 000）≈1.14（百万元）$$

2. 人员费用

（1）工资费用。工资费用是指企业各部门人员周期的工资费用总和，其中，直接成本3.06 百万元是指生产人员的工资费用。在周期形势中，已知本周期工资水平与 0 周期持平。

销售人员工资＝3.5×45＋1＝158.5（万元），其中，1 万是因销售 B 产品而形成的固定费用。

生产人员工资＝3×102＝306（万元）（直接成本）。

研发人员工资＝5×8＝40（万元）。

采购人员工资＝3×5＝15（万元）。

管理人员工资＝3.5×25×（1－25%）＝65.625（万元），因管理合理化投资使工资节省 25%。

以上各个部门工资相加即为总的工资费用：

$$158.5＋306＋40＋15＋65.625＝585.125 万元≈5.85（百万元）$$

（2）人员附加费用。人员附加费用即企业各个部门周期支付的社会福利费用总和，其中，直接成本 2.44 百万元，是指生产人员的社会福利费用，当期的福利费用占工资的 80%。

销售人员福利：销售人员无福利。

生产人员福利＝3×102×80%＝244.8（万元）（直接成本）。

研发人员福利＝5×8×80%＝32（万元）。

采购人员福利＝3×5×80%＝12（万元）。

管理人员福利＝3.5×25×（1－25%）×80%＝52.5（万元）。

以上各个部门福利费用相加即为总的福利费用为

$$244.8＋32＋12＋52.5＝341.3 万元≈3.41（百万元）$$

（3）招聘和辞退费用。招聘和辞退费用是指该周期招聘和辞退生产或研发人员形成的费用，因该周期企业只招聘了 12 名生产人员，招聘费用为 1 万/人，故此费用为

$$12×1＝12（万元）＝0.12（百万元）$$

3. 折旧费用

（1）厂房折旧费用。企业现有一个厂房，总投资额为 400 万元，折旧期为 20 个周期，折旧方式为平均年限法，期末残值为 0，故每周期折旧额为 0.2 百万元。

（2）生产线折旧费用。企业现有 5 条生产线，每条生产线投资额为 400 万元，折旧期为 10 个周期，折旧方式为平均年限法，期末残值为 0，则每条生产线每周期折旧额为 0.4 百万元，则生产线合计折旧额为 5×0.4=2（百万元）。

（3）机器人折旧费用。企业现有机器人 50 个，每个机器人投资额为 32 万元，折旧期为 8 个周期，折旧方式为平均年限法，期末残值为 0，在机器人每周期折旧额为 0.04 百万元，机器人合计折旧费为 50×0.04=2（百万元）。

4. 其他经营费用

（1）其他固定费用。其他固定费用是指来自企业各个部门的固定费用，基本固定（详见成本发生部门核算）。

（2）维修保养费用。维修保养费用是指生产线的维修保养费用与管理部门的维修保养费用之和。

（3）合理化费用。合理化费用是指企业生产合理化投资与管理合理化投资之和。

（4）返修/废品费用。返修/废品费用是随机数，与产品生产量成正比，与社会福利费成反比。

（5）库存费用。库存费用是指 E 产品的库存费用。

（6）广告费用。广告费用是指一般市场上的广告费用。

（7）市场研究。市场研究是指购买市场研究报告的费用，不购买就为 0。

（8）其他研究开发费用。其他研究开发费用是指周期投入的产品研发费用。

在成本类型核算完成之后，我们明确了企业整体的总成本 TC、固定成本 FC（间接成本）、变动成本 VC（直接成本）的具体数值，但距离成本核算的目标还有一定的距离，所以，要对它们进一步细化分析。

四、成本发生部门核算——间接成本核算

仿真系统进行成本发生部门核算的报表见表 2-3，表中费用为发生在各相关部门的间接费用。

表 2-3 成本发生部门核算（第 1 周期）

成本类型\成本发生部门	合 计 （百万元）	采 购	生 产	研究开发	销售库存	管 理
人员费用						
工资	2.79	0.15	0	0.4	1.58	0.65
人员附加费用	0.96	0.12	0	0.32	0	0.52
招聘/辞退	0.12	0	0.12	0	0	0

成本类型\成本发生部门	合 计 （百万元）	采 购	生 产	研究开发	销售库存	管 理
折旧费用						
厂房	0.2	0.03	0.12	0.01	0.02	0.02
生产线	2	0	2	0	0	0
机器人	2	0	2	0	0	0
其他经营费用						
其他固定费用	1.6	0.15	0.3	0.05	0.1	1
维修保养	0.15	0	0.1	0	0	0.05
合理化	5.3	0	5	0	0	0.3
返修/废品	0.45	0	0.45	0	0	0
仓库费用	0	0	0	0	0	0
广告	1.8	0	0	0	1.8	0
市场研究	0	0	0	0	0	0
其他研究开发费用	0.2	0	0	0.2	0	0
合 计	17.58	0.45	10.09	0.98	3.5	2.55

（一）成本发生部门核算报表的总体信息

从成本类型上看，该报表与成本类型核算报告相比少了一类费用，即材料费用，因为材料费用属于直接成本，而本报表是间接成本的核算；从报告内容上看，主要核算的是各个间接成本的部门来源，最后，把总的间接成本细化分摊到各个部门，为进一步细分做好准备。

（二）成本发生部门报表具体数值核算

1. 人员费用

（1）工资。工资是指除生产部门外，各个部门员工的工资费用。其中包括

采购部门：$3 \times 5 = 0.15$（百万元）。

研发部门：$5 \times 12 = 0.60$（百万元）。

销售部门：$3.5 \times 45 = 1.57$（百万元），加上因销售 B 产品而形成的 10 000 元固定销售人员费用，合计为

$$1.57 + 0.015 = 1.58（百万元）$$

管理部门：因投管理合理化费用 30 万元时可节省管理人员工资费用 25%，所以，管理人员实际工资费用为

$3.5 \times 25 \times (1 - 0.25) = 0.656 \approx 0.66$（百万元）（表中为 0.65，此属系统的误差）。

由此，各发生部门间接工资费用总额为

$0.15 + 0.60 + 1.58 + 0.66 = 2.80$（百万元）（表中 2.79，属系统误差）。

（2）社会福利费用。社会福利费用是指除生产部门外各部门的人员附加费用（社会福

利费用）即为各部门形成的间接工资费用（不含销售部门，因销售人员无福利）×社会福利费用比例 80%。由此，各发生部门间接社会福利费用总额为

（2.79－1.58）×0.8＝0.968≈0.97（百万元）（表中为 0.96，属系统误差）。

（3）招聘/辞退费用。本周期只招聘了生产人员 12 人，每人发生招聘费用 1 万元，合计 0.12 百万元，来自生产部门。

2. 折旧费用

（1）厂房折旧费用。总额为 0.2 百万元，分别来自各个部门，它们一般不会变化，如果厂房数量增加，即按原来的比例增加。

（2）生产线折旧费用。来自企业生产部门，总额为 2 百万元。

（3）机器人折旧费用。来自企业生产部门，总额为 2 百万元。

3. 其他经营费用

（1）其他固定费用。其他固定费用是指来自企业各个部门的固定费用，基本固定。分别为

采购部门：0.15 百万元。

生产部门：0.3 百万元。

研发部门：0.05 百万元。

销售部门：0.1 百万元。

管理部门：1 百万元。

其他固定费用合计为 0.15＋0.3＋0.05＋0.1＋1＝1.6（百万元）。

（2）维修保养费用。维修保养费用是指生产部门的维修保养费用与管理部门的费用保养费用之和，本周期前者为 0.1 百万元，后者为系统自动重复投入的 0.05 百万元，合计为 0.15 百万元。

（3）合理化投资费用。合理化投资费用是指生产合理化投资与管理合理化投资之和。本周期生产合理化投资为 5 百万元，管理合理化投资为 0.3 百万元，共计 5.3 百万元。

（4）返修/废品费用。返修/废品费用是个随机数，由系统给定，与生产规模及福利费用有关，规模越大，费用越高，福利越高，费用越小。

（5）仓库费用。产品 E 的仓储费用，本周期等于 0，说明库存小于 2 000 台（实际库存为 0）。

（6）广告费用。发生在销售部门的广告费用，本周期为 1.8 百万元。

（7）市场研究费用。发生在销售部门用于购买市场研究报告的费用，本周期没有购买，所以为 0。

（8）其他研究开发费用。发生在研发部门的产品改进费用，本周投入为 0.2 百万元。

4. 合计

最后一行合计为企业各个部门发生的间接成本总和，分别是采购部门 0.45 百万元、生产部门 10.09 百万元、研发部门 0.98 百万元、销售部门 3.5 百万元和管理部门 2.55 百万元，所有部门的累计间接费用为 17.6 百万元（系统为 17.58，此为系统误差）。

五、成本承担单元核算

为了核算各种产品的单位成本、单位变动成本及单位固定成本，必须明确其总成本、变动成本及固定成本，即必须把这些成本按产品区分开来，这在仿真系统中称为成本承担单元核算，见表2-4。

表2-4　成本承担单元核算（第1周期）

成本\成本承担单元	合　计（百万元）	一般产品一般市场	一般产品附加市场 I	特殊产品附加市场 II
原材料（__	2.12	1.85	0	0.27
＋附件（2）	4.27	4.27	0	0
＋生产材料（3）	1.14	1	0	0.14
＝材料直接费用（4）	7.55	7.13	0	0.42
＋材料间接费用（5）	0.45	0.42	0	0.03
＝材料成本（6）	8	7.55	0	0.45
加工直接费用（7）	5.5	4.85	0	0.65
＋加工间接费用（8）	10.09	8.9	0	1.19
＝加工成本（9）	15.6	13.75	0	1.84
＝制造成本（10）	23.6	21.31	0	2.28
＋研究开发费用	0.98	0.88	0	0.1
＋销售费用	3.5	3.16	0	0.33
＋管理费用	2.55	2.3	0	0.24
＝产品成本	30.63	27.67	0	2.96
销售收入	36.74	31.59	0	5.15
＋/−产品库存变化	−0.34	−0.34	0	0
＝总的经营收入	36.41	31.26	0	5.15
生产经营成果	5.77	3.59	0	2.18

1. 原材料成本（标为1）

根据本周期E产品和B产品生产实际消耗的原材料数量核算其价值。

E产品消耗的原材料价值＝60×（1−8%）×33 525≈1.85（百万元）。

B产品消耗的原材料价值＝60×（1−8%）×5 000≈0.27（百万元）。

两者合计为2.12百万元。

2. 附件成本（标为2）

本周期E产品生产消耗的附件价值＝127.6×33 525≈4.27（百万元）。

3. 辅助生产材料（标为3）

根据本周E产品和B产品各自的产量及单位产品的价值消耗核算辅助生产材料的价值。

E 产品辅助生产材料的价值＝33 525×30≈1（百万元）。

B 产品辅助生产材料的价值＝5 000×28＝0.14（百万元）。

4. 材料直接费用（标为 4）

等于 1＋2＋3，则 E 产品的材料直接费用＝7.13（百万元），B 产品的材料直接费用＝0.41 百万元。材料直接费用＝原材料成本＋附件成本＋辅助生产材料。

5. 材料间接费用（标为 5）

材料间接费用是发生于采购部门的间接成本，对应于《成本发生部门核算报告》中采购部门间接成本合计 0.45 百万元，需要把其分摊到 E 产品和 B 产品上，根据各产品材料直接费用的比例分摊。可以用材料间接费用合计值除以材料直接费用合计值，得到一个分摊系数，再乘以各个产品的材料直接费用。

$$分摊系数＝\frac{材料间接费用合计}{材料直接费用合计}＝\frac{0.45}{7.55}≈0.0596,$$

则 E 产品的材料间接费用＝E 产品材料直接费用×分摊系数＝7.13×0.0596≈0.42（百万元），则 B 产品的材料间接费用＝0.45－0.42＝0.03（百万元）。

6. 材料成本（标为 6）

材料直接费用与材料间接费用之和即为材料成本，其中，E 产品为 7.55 百万元，B 产品为 0.45 百万元。

7. 加工直接费用（标为 7）

加工直接费用是生产人员的工资和福利费用之和，总额为 5.5 百万元，要根据 E 产品和 B 产品所需的生产人员比例把其分摊开来。

E 产品所需的生产人员＝33 525/250＝134.1（人）。

B 产品所需的生产人员＝5 000/280＝17.86（人）。

E 产品分摊的加工直接费用＝5.5×$\frac{134.1}{134.1＋17.86}$＝4.85（百万元）。

B 产品分摊的加工直接费用＝5.5－4.85＝0.65（百万元）。

8. 加工间接费用（标为 8）

加工间接费用是生产部门的间接费用合计，要按 E 产品和 B 产品各自的加工直接费用比例分摊，其核算原理跟材料间接费用分摊的原理相同。

$$分摊系数＝\frac{加工间接费用合计}{加工直接费用合计}＝\frac{10.09}{5.5}≈1.8345,$$

则 E 产品分摊的加工间接费用＝4.85×1.8345≈8.9（百万元），

B 产品分摊的加工间接费用＝10.09－8.9＝1.19（百万元）。

9. 加工成本（标为 9）

加工成本等于加工直接费用与加工间接费用之和。

10. 制造成本（标为 10）

制造成本等于材料成本与加工成本之和。

11. 研发费用

研究开发费用是研发部门的间接成本总额，其值为 0.98 百万元，要根据 E 和 B 产品的制造成本比例来分摊研发费用，具体如下：

$$\text{分摊系数} = \frac{\text{研发费用总额}}{\text{制造费用总额}} = \frac{0.98}{23.6} \approx 0.0415,$$

则 E 产品分摊的研发费用 = 0.98 × 0.0415 = 0.88（百万元），
故 B 产品分摊的研发费用 = 0.98 − 0.88 = 0.1（百万元）。

12. 销售费用

销售费用是销售部门发生的间接成本总额，分摊方式与研发费用相同，此处不详细展开。

13. 管理费用

管理费用是管理部门发生的间接成本总额，分摊方式与研发费用相同，此处不详细展开。注意，从会计上讲，研发费用其实应归入管理费用的科目，而且，销售费用、管理费用和财务费用构成了企业当期的期间费用，应直接计入企业当期损益，并在利润表中分列。此表中没有单独列出财务费用（主要是利息费用）。

知识链接——期间费用

期间费用是指企业生产经营过程中发生的，与产品生产活动没有直接联系，属于某一时期发生的直接计入当期损益的费用。它包括销售费用、管理费用与财务费用。它不记入产品的生产成本，不参与产品成本计算，也不存在分配问题。因此，从成本会计的意义上讲，产品成本是不包括期间费用的。本书中为了更加直观地核算成本，并指导定价，暂且把其归入产品成本中。

14. 产品成本

产品成本是产品的制造成本加上期间费用，因《成本承担单元核算》报表中没有包括财务费用，所以，核算出的产品成本比实际要低。由此，我们已经明确了 E 产品和 B 产品各自的总成本 TC、变动成本 VC 和固定成本 FC，它们分别除以产品产量就得到了单位成本、单位变动成本与单位固定成本。

表 2-4 中"产品成本"一栏，它对应的"一般产品/一般市场"列的数字 27.67 百万元

就是本周期所生产的 E 产品的总成本，它对应的"特殊产品/附加市场 II"列的数字 2.96 百万元就是本周期所生产的特殊产品 B 的总成本。从第一章中的生产决策可知，本周期 E 产品和 B 产品的产量分别为 335 250 和 5 000，所以，它们的单位成本如下。

E 产品的单位成本＝$27.67 \times 10^6 / 33\ 525 = 825.35$（元/台），因 E 产品的定价是 928.8 元/台，可见如能按此价格售完，则单位产品的利润可观。

B 产品的单位成本＝$2.96 \times 10^6 / 5\ 000 = 592$（元/台），订单的价格是 1 030 元/台，所以，单位利润非常丰厚，故接受这张订单无疑是非常明智的。

再来核算 E 产品和 B 产品的单位变动成本，变动成本是生产产品投入的直接人工费用和直接材料费用，故考查《成本承担单元核算》表报中"材料直接费用"和"加工直接费用"两栏，它们对应于"一般产品/一般市场"和 "特殊产品/附加市场 II"列的数字便是 E 产品和 B 产品的材料直接费用和加工直接费用，两项相加就是各自的变动成本，它们的单位变动成本计算如下。

E 产品的单位变动成本＝$(7.13 + 4.85) \times 10^6 / 33\ 525 = 357.35$（元/台）。

B 产品的单位变动成本＝$(0.42 + 0.65) \times 10^6 / 5\ 000 = 214$（元/台）。

值得注意的是，在上述核算产品单位变动成本时，是根据变动成本的含义，把报表中材料直接费用与加工直接费用相加并除以产量得到。还有另一种方法就是根据产品的构成原理及生产工艺指标直接算出其单位变动成本，如单位 E 产品的生产需要原材料 1 单位，附件 1 单位和 30 元辅助生产材料，1/250 名生产人员，单位 B 产品的生产需要原材料 1 单位和 28 元，1/280 名生产人员，结合本周期原材料、附件和人员工资的变化，再来核算它们的单位变动成本。

E 产品的单位变动成本＝$60 \times (1 - 8\%) + 30 + 127.6 + 30\ 000 \times (1 + 80\%) / 250 = 428.8$（元/台）。

B 产品的单位变动成本＝$60 \times (1 - 8\%) + 28 + 30\ 000 \times (1 + 80\%) / 280 = 276.06$（元/台）。

与前一种方法算出的数据不一致，且大于前者，就其原因是因为模拟企业有机器人，且机器人对自然人生产人员是完全替代的，所以，机器人分担了一部分直接加工费用，导致按报表计算的单位变动成本比按工艺指标计算的要低。那么到底应该采信那一种数据呢？我们认为，应该采用按工艺指标计算的单位变动成本。单位变动成本是企业产品定价的下限，故 E 产品最低可接受的价格是 428.8 元/台，B 产品最低可接受的价格是 276.06 元/台。

在明确了 E 产品和 B 产品的单位成本和单位变动成本后，单位固定成本只要前者减去后者便可得到，不过这里减去的是按报表核算得到的单位变动成本（注意：由于系统进位规则的原因，成本核算的 3 张报表中个别数据有 0.01 左右的误差，我们只要知道其核算方法即可）。

15. 产品库存变化

产品库存变化是指库存 E 产品的价值变化，计算如下。

产品库存变化＝产品期末库存价值－期初库存价值＝0－0.33＝－0.33（百万元）。

如计算结果为正值，表示产品库存价值有所增加，意味着本周期生产出来的产品没有全部卖完；反之，如计算结果为负值，表示产品库存价值有所减少，意味着本周期不但卖完了当期生产的产品，而且还卖掉了部分库存产品。如本例所示，减少了0.33（百万元），表示本周期销售产品收入中，有部分产品是因销售上周期的产品所带来的，所以，在核算生产经营成果（利润）时，应减去本周期销售的库存产品的成本（按制造成本核算），见表2-5。

表2-5 一般产品仓库报告

仓库报告Ⅱ：一般产品			
	量 （台）	制造成本 （元/台）	库存价值 （百万元）
期初库存	495	671	0.33
＋增加	33 525	635.82	21.31
－消耗	34 020	636.33	21.64
＝期末库存	0	0	0

【思考与讨论】

为什么库存产品的成本是以单位制造成本计价而不是以单位成本计价？

巩固练习6

1. 为什么库存产品的成本是以单位制造成本计价而不是以单位成本计价？

2. 已知某企业某周期的生产计划为34 425台E产品，4 000台B产品，请完成下面《成本承担单元核算》表中的空缺数据，并计算E产品和B产品的单位总成本、单位变动成本和单位固定成本（从报表直接计算），请问E产品和B产品的价格底线是多少？

成本承担单元核算

成本\成本承担单元	合 计 （百万元）	一般产品 一般市场	一般产品 附加市场Ⅰ	特殊产品 附加市场Ⅱ
原材料	2.12	1.9	0	0.22
＋附件	4.39	4.39	0	0
＋生产材料	1.14	1.03	0	0.11
＝材料直接费用				
＋材料间接费用	0.48		0	
＝材料成本			0	
加工直接费用	6.13	5.55		0.58
＋加工间接费用	4.9		0	
＝加工成本			0	
＝制造成本			0	

续表

成本\成本承担单元	合 计 （百万元）	一般产品 一般市场	一般产品 附加市场 I	特殊产品 附加市场 II
＋研究开发费用	1.22		0	
＋销售费用	4.52		0	
＋管理费用	2.68		0	
＝产品成本			**0**	
单位成本				
单位变动成本				
单位固定成本				
价格底线				

第三节 中期贷款决策

一、中期贷款决策的目标

为了保证企业正常的生产经营，必须要有稳定、平衡的现金流，当企业现金流入不足时，企业就需要进行筹资活动，其中，最常见的筹资活动就是向银行贷款。仿真系统设定的三种贷款类型：长期贷款、中期贷款和透支贷款。由于长期贷款和透支贷款相对较为固定且简单，本节重点阐述的是中期贷款（相当于财务会计中的"短期贷款"）数量决策。对于中期贷款的数量决策，我们首先必须明确决策目标，主要有以下两点。

① 能满足模拟企业周期生产经营的需要。

② 数量适中，过多则导致不必要的利息负担，过少则导致贷款透支，最终也会增加企业的利息负担。

二、中期贷款的决策思路

中期贷款数量计算公式：

中期贷款额＝本周期的所有支出费用＋本周期期末所必备的现金存量10万元－
本周期销售收入的80%－上周期销售收入的20%－期初现金和其他收入

计算结果若为正值，此值即为需要的中期贷款额，并应适量多贷一些，留有余地，以防对销售收入的判断失误，造成贷款不足而引发透支贷款；反之，计算结果若为负值，则表示企业现金拥有量已可满足经营需要，此值即为余额，不必再向银行贷款。如不再进行扩大性投资，可考虑利用多余的资金购买有价证券。必须注意的是，支出费用不一定就是成本费用，如本周期购买的原材料为 77 800 单位，支出原材料费用 4.29 百万元，但用于当期生产的仅为 38 525 单位，即进入成本的原材料仅为 2.12 百万元，其余的存放在仓库中（详见表 2-6）。

在核算模拟企业周期现金流入和现金支出时，我们需要结合系统预算时的生产经营财务报告，它相当于企业的现金流量表，见表 2-6。

表2-6　生产经营财务报告（预算）（第1周期）

本周期财务报告（百万元）			
期初现金	0.84		
现金收入	本周期（百万元）	现金支出	本周期（百万元）
本周期产品销售收入	29.39	材料费用	14.35
＋前一周期产品销售收入	5.42	＋人员费用	9.38
		＋其他经营费用	9.5
＋有价证券	0	＋中期和透支贷款归还	5
＋利息收入	0	＋利息费用	0.94
		＋购买机器人	16
＋特别收入	0	＋购买生产线和厂房	4
＋生产线变卖收入	0	＋购买有价证券	0
		＋税收	1.93
＋中期贷款	27	＋股息支付（前周期）	0.3
＋透支贷款	0	＋特别费用	0
＝现金收入合计	61.82	＝现金支出合计	61.42
期末现金	1.24		

（一）现金收入

（1）本周期产品销售收入。本周期产品销售收入是指本周期企业在3个市场上销售收入总和的80%。系统预算时，只要一般市场E产品的价格不是太高，它都会以E产品全部售完来预算现金流入，因本周期一般市场E产品的价格为928.8元/台，原有库存495台，本周期E产量为33 525台，附加市场I没有中标产品，附加市场II有5 000台B产品的订单，价格为1 030元/台，故本周期产品销售收入＝[928.8×（33 525＋495）＋1 030×5 000]×80%＝29.39（百万元）。

（2）前一周期产品销售收入。前一周期产品销售收入是指前一周期总销售收入的20%，其数值可以去看前一周期资产负债表——流动资产——债权，这个债权就是企业前一周期销售收入20%的应收账款。本例是看0周期的资产负债表，其数值为5.42百万元。

（3）有价证券。如果前一周期企业购买了有价证券，本周期收回的本金作为现金流入计入此项，因0周期未买有价证券，所以为0。

（4）利息收入。如果前一周期购买了有价证券，其利息收入作为本周期的现金收入计入此项，因0周期未买有价证券，所以为0。

（5）特别收入。特别收入是指模拟企业在卖出原材料、附件时的现金收入，或兼并破产企业后因接受其债权而收回的现金。本例为0。

（6）生产线变卖收入。生产线变卖收入是指模拟企业变卖生产线时获得的现金收入。本例为0。

（7）中期贷款。中期贷款是指企业本周期决定的中期贷款数量。

（8）透支贷款。当中期贷款不足时，系统自动进行透支贷款。

（二）现金支出

（1）材料费用。材料费用是本周期采购原材料和附件时支付的费用及辅助生产材料的费用。

原材料采购费用＝77800×60×（1－8%）＝4.29（百万元），

附件采购费用＝70001×140×（1－9%）＝8.91（百万元），

辅助生产材料费用＝33525×30＋5000×28＝1.15（百万元），

材料费用＝4.29＋8.91＋1.15＝14.35（百万元）。

（2）人员费用。人员费用是指本周期企业各部门员工的工资、福利费用及招聘辞退费用总和。

人员费用＋5.85＋3.41＋0.12＝9.38（百万元）。

（3）其他经营费用。其他经营费用＝其他固定费用＋维修保养费用＋合理化费用＋返修/废品费用＋仓库费用＋广告费用＋市场调研费用＋其他研发费用

$$＝1.6＋0.15＋5.3＋0.45＋0＋1.8＋0＋0.2$$
$$＝9.5（百万元）。$$

（4）中期贷款与透支贷款归还。本周期归还的上周期的中期贷款和透支贷款额，因前周期（第 0 周期）只有 5 百万元中期贷款，无透支贷款，故此项＝5＋0＝5（百万元）。

（5）利息费用。利息费用是指本周期支付的前周期利息，注意不是本周期的利息费用。

利息费用＝6×8.2%＋5×9%≈0.94（百万元）。

（6）购买机器人。本周期购买机器人的费用支出，由第一章的生产决策可知企业本周期购买了 50 个机器人，则其费用＝50×32＝16（百万元）。

（7）购买生产线和厂房。本周期购买了 1 条生产线，企业共有 5 条生产线，刚好用完一个厂房，故没有购买厂房，则费用为 4 百万元。

（8）购买有价证券。因本周期仍需中期贷款，故不购买有价证券，所以此项为 0。

（9）税收。本周期支付的所得税，系统设定税率为 40%，计算公式如下。

税收费用＝（企业生产经营成果＋有价证券收入－利息费用）×40%

$$＝（5.77＋0－0.94）×40%$$
$$＝1.93（百万元）。$$

（10）股息支付。本周期支付的上周期股息 0.3 百万元。

（11）特别费用。特别费用是指企业用于兼并其他破产企业时的费用支出，本周期为 0。

明确了企业周期所有现金流入与流出值后，中期贷款就可以计算出来了。

中期贷款额＝本周期所有支出费用＋期末备用金－所有现金收入－期初现金

$$＝61.42＋0.1－29.39－5.42－0.84$$
$$＝25.77（百万元）。$$

即本周期该企业所需中期贷款应为 25.77 百万元，当然这是在最乐观的情况下，按一

般市场 E 产品全部售完来核算现金流入的，如果没有卖完则现金流入就会减少，贷款额度就要增加，所以这个值是本周期贷款的最小值，为了防止因 E 产品没有全部售完而导致透支贷款，企业在贷款决策时必须考虑留有一定的余额，故本例最后决定的贷款数量为 27 百万元。

以上计算过程相当烦琐，且费时费力，幸好系统有一个预算功能，只要找到预算报表中《生产经营财务报告》，查看其中的中期贷款、透支贷款和期末现金进行调整即可。见表 2-7，从表中可以看出，在中期贷款 5 百万元的情况下，没有透支贷款，而且在期末现金还有 5.32 百万元，显然中期贷款不用这么多，按照系统要求，期末留 0.1 百万元现金即可，如果不贷款，仍留有 0.32 百万元的现金，但此时期末现金过少，很有可能导致透支贷款，那么，到底应该留有多少现金储备呢？一般应结合企业周期末产成品库存的控制目标来核算。

以表 2-7 为例，假设该企业预计当期 E 产品的目标库存为 3 000 台以内，一般市场 E 产品的售价是 930 元/台，则这些库存 E 产品会导致销售收入减少 3000×930＝2.79（百万元），

从而使本期的现金流入较全部卖完时减少 2.79×80%＝2.23（百万元），故应使中期贷款后期末现金留有 2.23＋0.1＝2.33（百万元）左右，所以，中期贷款改为 2 百万元。

表 2-7　生产经营财务报告（预算）

财务报告本周期（百万元）			
期初现金	**0.84**		
现金收入	本周期（百万元）	现金支出	本周期（百万元）
本周期产品销售收入	21.48	材料费用	6.76
＋前周期产品销售收入	5.42	＋人员费用	9.09
		＋其他经营费用	3.61
＋有价证券	0	＋中期和透支贷款归还	5
＋利息收入	0	＋利息费用	0.94
		＋购买机器人	0
＋特别收入	0	＋购买生产线和厂房	0
＋生产线变卖收入	0	＋购买有价证券	0
		＋税收	1.7
＋中期贷款	5	＋股息支付（前周期）	0.3
＋透支贷款	0	＋特别费用	0
＝现金收入合计	31.9	＝现金支出合计	27.42
期末现金	**5.32**		

调整到 2　　　　　　　调　节　　　　　　降低到 2.32

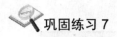 巩固练习7

以下是大成公司某一周期的经营业绩报表，请根据报表中相应的数据完成《生产经营财务报告》中的数据。

市场生产数据报告（第2周期）

市场报告				仓库报告 I：原材料			
	一般市场	附加市场			量（台）	价值	
		I	II			（元/台）	（百万元）
价格（元/台）	961.9	0	988	期初库存	38 475	55.2	2.12
销售量（台）	36 817	0	4000	＋增加	0	110	0
销售额（百万元）	35.41	0	3.95	－消耗	38 425	55.2	2.12
市场占有率（%）	4.6			＝期末库存	50	55.2	0
产品质量评价	2						

仓库报告 II：一般产品				仓库报告 III：附件			
	量（台）	制造成本（元/台）	库存价值（百万元）		量（台）	价值	
						（元/台）	（百万元）
期初库存	2 392	637	1.52	期初库存	36 676	127.6	4.68
＋增加	34 425	516.16	17.76	＋增加	0	230	0
－消耗	36 817	524.06	19.29	－消耗	34 425	127.6	4.39
＝期末库存	0	0	0	＝期末库存	2 251	127.6	0.28

人员报告 I			人员报告 II	
	生产部门	研究开发部门	部门	人员（人）
期初人员	102	8	销售	45
＋招聘	2	0	采购	5
－辞退	0	0	管理	25
－流动	2	—	管理的合理化系数	1.3
＝期末人员	102	8		

生产报告 I			生产报告 II			
	生产线（条）	机器人（个）		加工（台）	设备要求（单位）	人员要求（人）
前周期	5	50	一般产品	34 425	34 425	87.7
＋投资	0	0	特殊产品	4 000	3 600	14.2
－变卖	0	—	合计	38 425	38 025	102
本周期	5	50	负载率（%）	—	100	100

生产报告 III	
生产线的合理化系数	1.3
生产线维修保养系数	0.9
生产线负载率100%时的生产能力	38 025

产品成本类型核算报告（第2周期）

成本类型	（百万元）	成本类型说明
材料费用		
原材料	2.12	直接成本
附件	4.39	直接成本
生产材料	1.14	直接成本
人员费用		
工资费用	6.31	其中直接成本 3.3
人员附加费用	3.91	其中直接成本 2.8
招聘/辞退费用	0.02	间接成本
折旧费用		
厂房	0.2	间接成本
生产线	2	间接成本
机器人	2	间接成本
其他经营费用		
其他固定费用	1.6	间接成本
维修保养	0.15	间接成本
合理化	0.3	间接成本
返修/废品	0.37	间接成本
库存费用	0	间接成本
广告费用	2.2	间接成本
市场研究	0	间接成本
其他研究开发费用	0.38	间接成本
合　计	27.11	

成本发生部门核算（第2周期）

成本类型\成本发生部门	合　计（百万元）	采购	生产	研究开发	销售库存	管理
人员费用						
工资	3.01	0.16	0	0.43	1.71	0.7
人员附加费用	1.1	0.13	0	0.36	0	0.6
招聘/辞退	0.02	0	0.02	0	0	0
折旧费用						
厂房	0.2	0.03	0.12	0.01	0.02	0.02
生产线	2	0	2	0	0	0
机器人	2	0	2	0	0	0
其他经营费用						
其他固定费用	1.6	0.15	0.3	0.05	0.1	1
维修保养	0.15	0	0.1	0	0	0.05
合理化	0.3	0	0	0	0	0.3

续表

成本类型\成本发生部门	合 计 (百万元)	采 购	生 产	研究开发	销售库存	管 理
返修/废品	0.37	0	0.37	0	0	0
仓库费用	0	0	0	0	0	0
广告	2.2	0	0	0	2.2	0
市场研究	0	0	0	0	0	0
其他研究开发费用	0.38	0	0	0.38	0	0
合 计	**13.34**	**0.47**	**4.91**	**1.23**	**4.03**	**2.68**

成本承担单元核算(第 2 周期)

成本\成本承担单元	合 计 (百万元)	一般产品 一般市场	一般产品 附加市场 I	特殊产品 附加市场 II
原材料	2.12	1.9	0	0.22
+附件	4.39	4.39	0	0
+生产材料	1.14	1.03	0	0.11
=材料直接费用	7.65	7.32	0	0.33
+材料间接费用	0.47	0.45	0	0.02
=材料成本	**8.13**	**7.78**	**0**	**0.35**
加工直接费用	6.11	5.53	0	0.57
+加工间接费用	4.91	4.44	0	0.46
=加工成本	**11.02**	**9.98**	**0**	**1.04**
=制造成本	**19.16**	**17.76**	**0**	**1.39**
+研究开发费用	1.23	1.14	0	0.09
+销售费用	4.03	3.73	0	0.29
+管理费用	2.68	2.48	0	0.19
=产品成本	**27.11**	**25.14**	**0**	**1.97**
销售收入	39.36	35.41	0	3.95
+/-产品库存变化	-1.53	-1.53	0	0
=总的经营收入	**37.84**	**33.88**	**0**	**3.95**
生产经营成果	**10.72**	**8.74**	**0**	**1.97**

利润和亏损核算(第 2 周期)

	(百万元)		(百万元)
销售收入	**39.36**	销售收入	**39.36**
+/-产品库存变化	-1.53	-销售产品制造成本	20.69
-材料费用	7.65		
-人员费用		-销售费用	4.03
-工资	6.31		
-人员附加费用	3.91	-研究开发费用	1.23
-其他人员费用	0.02		
-折旧	4.2	-管理费用	2.68
-其他经营费用	5		
=生产经营成果	**10.72**	=生产经营成果	**10.72**

税后利润（第2周期）

	（百万元）
生产经营成果	**10.72**
＋有价证券收入	0
－利息费用和其他费用	3.24
＝一般经营成果	**7.47**
＋特别收入	0
－特别费用	0
＝税前经营成果	**7.47**
－税收	2.98
＝年终结余/年终亏损	**4.48**

利润分配（第2周期）

利润分配	（百万元）
年终结余/年终亏损	**4.48**
－前周期亏损结转	0
－本周期利润储备	3.98
＝资金平衡利润/资金平衡亏损	**0.5**
－股息	0.5
＝本周期亏损结转	**0**

资产负债表（第2周期）

资产（百万元）		负债（百万元）	
固定资产		自有资金	
实物		注册资金	4
地产和厂房	3.6	资金储备	1
设备和生产设施	21.6	利润储备	6.99
流动资产		前周期亏损结转	0
库存		年终结余/年终亏损	4.48
原材料和附件	0.29	债务	
成品	0	贷款	
债权	7.87	长期贷款	6
有价证券	0	中期贷款	12
现金	1.11	透支贷款	0
资产合计	**34.47**	负债合计	**34.47**

生产经营财务报告（第2周期）

本周期财务报告（百万元）			
期初现金		0.1	
现金收入	本周期（百万元）	现金支出	本周期（百万元）
本周期产品销售收入		材料费用	
＋前周期产品销售收入	7.36	＋人员费用	
		＋其他经营费用	
＋有价证券		＋中期和透支贷款归还	26.85
＋利息收入		＋利息费用	
		＋购买机器人	
＋特别收入		＋购买生产线和厂房	
＋生产线变卖收入		＋购买有价证券	
		＋税收	2.98
＋中期贷款		＋股息支付（前周期）	0.35
＋透支贷款		＋特别费用	0
＝现金收入合计		＝现金支出合计	
期末现金			

第3章

实战演练——全面仿真决策

 知识目标

（1）熟悉企业经营综合决策的一般步骤。
（2）掌握企业周期经营目标制订的依据与思路。
（3）掌握企业设备与生产人员调整决策的思路。
（4）掌握企业一般市场价格制定的方法与思路。
（5）掌握企业广告投入与销售人员数量决策的思路。
（6）熟悉企业产品质量决策的思路。
（7）掌握原材料采购决策的思路与技巧。
（8）熟悉管理合理化投资决策的思路。
（9）掌握中期贷款决策的思路与技巧。
（10）掌握最后一周期决策的技巧与思路。

 能力目标

（1）能根据周期形势、企业自身情况和行业竞争态势制订经营目标与战略。
（2）能根据企业周期经营战略进行设备和生产人员调整决策，确保设备与人员的充分利用。
（3）能按照一般市场价格制定的思路，制定合理的产品价格，实现企业经营战略。
（4）能按照广告投入与销售人员数量决策的思路，投入合理的广告费用，雇用合理的销售人员，以促进企业经营目标的实现。
（5）能根据企业的经营战略，以较低的投入实现目标质量等级。
（6）能科学合理地采购原材料和附件，不断降低材料成本和周期贷款数量。
（7）会根据周期工资变化情况进行正确的管理合理化投资，以降低管理部门成本。
（8）能利用系统预算功能进行合理的中期贷款决策。
（9）能根据最后一周期的特点科学地进行材料采购、中期贷款、股息支付的决策。

第一节 企业经营综合决策步骤

出于统一性和连贯性的考虑，本章仍以前两章案例中的同一企业为对象进行经营决策和报表读取的阐述。因前两章已经完成了该企业第 1 周期的经营决策，本章以第 2 周期为对象进行介绍。

步骤一：考察周期形势，并总结上周期经营状况，确定周期经营目标和战略

考察周期形势是为了从宏观上了解本周期的经营环境，为制定本周期企业的经营目标和战略提供依据。第 2 周期形势见表 3-1。

表 3-1 第 2 周期形势

市场容量	市场容量与上一周期相比，将明显增长，增幅为 7.14%
原材料	原材料价格与第 0 周期相比，有明显增长，增幅为 10.00%
附件	附件价格与第 0 周期相比，有大幅增长，增幅为 15.00%
人员费用	工薪水平与第 0 周期相比，有明显增长，增幅为 8.00%
批量招标	本周期招标产品为 E 型产品，数量为 2 500 台
批量订购	特殊产品订购为 B 型产品，数量为 4 000 台
订购价格	特殊产品单位定价已由用户给定，为 988 元/台

第 0 周期的数据，见表 3-2。

表 3-2 第 0 周期材料价格、工资水平及其他基础数据表

材料价格			工资水平	
订购批量	单位价格（元）		部门	年薪（万元）
	原材料	附件	管理部门	3.5
0～25 000	100	200	销售部门	3.5
25 001～45 000	90	170	采购部门	3
45 001～70 000	70	150	生产部门	3
70 001～	60	140	研究部门	5
市场容量：2 300 万元			招标产品数量：0 台	
特殊产品数量：2 000 台			特殊产品价格：850 元/台	

从周期形势表可得，本周期市场容量继续延续第一周的增长势头，有明显的增长，但同时由于原材料、附件和人员的工资费用都有较大的涨幅，故企业面临成本上升的压力，在附加市场 II 上有一张利润可观的订单。回顾第一周期决策，本企业采用的是中规模、中价格和中质量战略，其经营状况可从企业第一周期经营报表（从仿真系统主界面的第 5 项企业报告中读取）中得到，具体内容见表 3-3～表 3-11。

表 3-3　市场生产数据报告（第 1 周期）

市场报告				仓库报告I：原材料			
	一般市场	附加市场			量（台）	价值	
		I	II			（元/台）	（百万元）
价格（元/台）	928.8	0	1 030	期初库存	0	0	0
销售量（台）	34 020	0	5 000	＋增加	77 800	55.2	4.29
销售额（百万元）	31.59	0	5.15	一消耗	38 525	55.2	2.12
市场占有率（%）	4.7			＝期末库存	39 275	55.2	2.16
产品质量评价	3						

仓库报告II：一般产品				仓库报告III：附件			
	量（台）	制造成本（元/台）	库存价值（百万元）		量（台）	价值	
						（元/台）	（百万元）
期初库存	495	671	0.33	期初库存	200	200	0.04
＋增加	33 525	635.82	21.31	＋增加	70 001	127.4	8.91
一消耗	34 020	636.33	21.64	一消耗	33 525	127.6	4.27
＝期末库存	0			＝期末库存	36676	127.6	4.68

人员报告 I			人员报告 II	
	生产部门	研究开发部门	部门	人员（人）
期初人员	94	8	销售	45
＋招聘	12	0	采购	5
一辞退	0	0	管理	25
一流动	4	—	管理的合理化系数	1.3
＝期末人员	102	8		

生产报告 I			生产报告 II			
	生产线（条）	机器人（个）		加工（台）	设备要求（单位）	人员要求（人）
前周期	4	0	一般产品	33 525	33 525	84.1
＋投资	1	50	特殊产品	5 000	4 500	17.8
一变卖	0	—	合计	38 525	38 025	102
本周期	5	50	负载率（%）	—	100	100

生产报告 III	
生产线的合理化系数	1.3
生产线维修保养系数	0.9
生产线负载率 100%时的生产能力	38 025

表 3-4　产品成本类型核算报告（第 1 周期）

成本类型	（百万元）	成本类型说明
材料费用		
原材料	2.12	直接成本
附件	4.27	直接成本
生产材料	1.14	直接成本
人员费用		

续表

成本类型	（百万元）	成本类型说明
工资费用	5.85	其中，直接成本 3.06
人员附加费用	3.41	其中，直接成本 2.44
招聘/辞退费用	0.12	间接成本
折旧费用		
厂房	0.2	间接成本
生产线	2	间接成本
机器人	2	间接成本
其他经营费用		
其他固定费用	1.6	间接成本
维修保养	0.15	间接成本
合理化	5.3	间接成本
返修/废品	0.45	间接成本
库存费用	0	间接成本
广告费用	1.8	间接成本
市场研究	0	间接成本
其他研究开发费用	0.2	间接成本
合　计	30.63	

表 3-5　成本发生部门核算（第 1 周期）

成本类型\成本发生部门	合　计（百万元）	采　购	生　产	研究开发	销售库存	管　理
人员费用						
工资	2.79	0.15	0	0.4	1.58	0.65
人员附加费用	0.96	0.12	0	0.32	0	0.52
招聘/辞退	0.12	0	0.12	0	0	0
折旧费用						
厂房	0.2	0.03	0.12	0.01	0.02	0.02
生产线	2	0	2	0	0	0
机器人	2	0	2	0	0	0
其他经营费用						
其他固定费用	1.6	0.15	0.3	0.05	0.1	1
维修保养	0.15	0	0.1	0	0	0.05
合理化	5.3	0	5	0	0	0.3
返修/废品	0.45	0	0.45	0	0	0
仓库费用	0	0	0	0	0	0
广告	1.8	0	0	0	1.8	0
市场研究	0	0	0	0	0	0
其他研究开发费用	0.2	0	0	0.2	0	0
合　计	17.58	0.45	10.09	0.98	3.5	2.55

表 3-6 成本承担单元核算（第 1 周期）

成本\成本承担单元	合 计 （百万元）	一般产品 一般市场	一般产品 附加市场 I	特殊产品 附加市场 II
原材料	2.12	1.85	0	0.27
＋附件	4.27	4.27	0	0
＋生产材料	1.14	1	0	0.14
＝材料直接费用	7.55	7.13	0	0.41
＋材料间接费用	0.45	0.42	0	0.02
＝材料成本	**8**	**7.55**	**0**	**0.44**
加工直接费用	5.5	4.85	0	0.65
＋加工间接费用	10.09	8.9	0	1.19
＝加工成本	**15.6**	**13.75**	**0**	**1.84**
＝制造成本	**23.6**	**21.31**	**0**	**2.28**
＋研究开发费用	0.98	0.88	0	0.09
＋销售费用	3.5	3.16	0	0.33
＋管理费用	2.55	2.3	0	0.24
＝产品成本	**30.63**	**27.67**	**0**	**2.96**
销售收入	36.74	31.59	0	5.15
＋/一产品库存变化	−0.34	−0.34	0	0
＝总的经营收入	**36.41**	**31.26**	**0**	**5.15**
生产经营成果	**5.77**	**3.59**	**0**	**2.18**

表 3-7 利润和亏损核算（第 1 周期）

	（百万元）		（百万元）
销售收入	**36.74**	销售收入	36.74
＋/一产品库存变化	−0.34	一销售产品制造成本	23.93
一材料费用	7.55		
一人员费用		一销售费用	3.5
一工资	5.85		
一人员附加费用	3.41	一研究开发费用	0.98
一其他人员费用	0.12		
一折旧	4.2	一管理费用	2.55
一其他经营费用	9.5		
＝生产经营成果	**5.77**	＝生产经营成果	**5.77**

表 3-8　税后利润（第 1 周期）

	（百万元）
生产经营成果	**5.77**
＋有价证券收入	0
－利息费用和其他费用	0.94
＝一般经营成果	**4.83**
＋特别收入	0
－特别费用	0
＝税前经营成果	**4.83**
－税收	1.93
＝年终结余/年终亏损	**2.9**

表 3-9　利润分配（第 1 周期）

利润分配	（百万元）
年终结余/年终亏损	**2.9**
－前周期亏损结转	0
－本周期利润储备	2.6
＝资金平衡利润/资金平衡亏损	**0.3**
－股息	0.3
＝本周期亏损结转	**0**

表 3-10　财务报告（第 1 周期）

本周期财务报告（百万元）			
期初现金	**0.84**		
现金收入	本周期（百万元）	现金支出	本周期（百万元）
本周期产品销售收入	29.39	材料费用	14.35
＋前周期产品销售收入	5.42	＋人员费用	9.38
		＋其他经营费用	9.5
＋有价证券	0	＋中期和透支贷款归还	5
＋利息收入	0	＋利息费用	0.94
		＋购买机器人	16
＋特别收入	0	＋购买生产线和厂房	4
＋生产线变卖收入	0	＋购买有价证券	0
		＋税收	1.93
＋中期贷款	27	＋股息支付（前周期）	0.3
＋透支贷款	0	＋特别费用	0
＝现金收入合计	61.82	＝现金支出合计	61.42
期末现金	**1.24**		

表 3-11　资产负债表（第 1 周期）

资产（百万元）		负债（百万元）	
固定资产		自有资金	
实物		注册资金	4
地产和厂房	3.8	资金储备	1
设备和生产设施	25.6	利润储备	3.94
流动资产		前周期亏损结转	0
库存		年终结余/年终亏损	2.9
原材料和附件	6.84	债务	
成品	0	贷款	
债权	7.34	长期贷款	6
有价证券	0	中期贷款	27
现金	1.24	透支贷款	0
资产合计	**44.84**	负债合计	**44.84**

　　从第一周期的经营业绩报表看，一般市场 E 产品已经售完，生产线和人员负载率都已经达到 100%的充分利用，生产能力规模达到预期的 38 025 单位，原材料和附件因上周期一次性采购了两周期的量，所以，如果本周期产能不扩大，库存已能满足本周期生产的需要，上周期中期贷款数量合理，没有透支贷款，且有一定的余量（1.24 百万元）。总体而言，第一周期开局良好，但还要结合行业企业进行横向比较，横向比较数据来自仿真系统主界面的第 6 项评价总表，具体见表 3-12～表 3-14（注：整个行业共 22 个企业，本企业为 22 号企业，另外在本书中凡涉及平均值概念的，都为算术平均值）。

表 3-12　行业一般市场价格表

项　目	企　业	周　期							
		1	2	3	4	5	6	7	评分
一般市场价格（元/台）权数：1	1	1 109.9	—	—	—	—	—	—	0.7
	2	1 039.1	—	—	—	—	—	—	0.8
	3	1 010	—	—	—	—	—	—	0.8
	4	950	—	—	—	—	—	—	0.8
	5	1 025	—	—	—	—	—	—	0.8
	6	1 050	—	—	—	—	—	—	0.9
	7	1 070	—	—	—	—	—	—	0.7
	8	1 010	—	—	—	—	—	—	0.8
	9	1 010	—	—	—	—	—	—	0.8
	10	1 035.9	—	—	—	—	—	—	0.9
	11	999	—	—	—	—	—	—	0.8
	12	1 055	—	—	—	—	—	—	0.7
	13	1 100	—	—	—	—	—	—	0.8
	14	1 060	—	—	—	—	—	—	0.8

续表

项　目	企　业	周　期							评分
		1	2	3	4	5	6	7	
一般市场价格 （元/台） 权数：1	15	1 030	—	—	—	—	—	—	0.8
	16	1 040	—	—	—	—	—	—	0.8
	17	1 000	—	—	—	—	—	—	0.8
	18	1 050	—	—	—	—	—	—	0.8
	19	1 118	—	—	—	—	—	—	0.8
	20	1 050	—	—	—	—	—	—	0.7
	21	998.5	—	—	—	—	—	—	0.8
	22	**928.8**	—	—	—	—	—	—	1
市场平均价格		**1 033.6**							

表 3-13　行业设备生产能力表

项　目	企　业	周　期							评分
		1	2	3	4	5	6	7	
设备生产能力 权数：1	1	38 025	—	—	—	—	—	—	0.9
	2	38 025	—	—	—	—	—	—	0.9
	3	38 025	—	—	—	—	—	—	0.9
	4	38 025	—	—	—	—	—	—	0.9
	5	38 025	—	—	—	—	—	—	0.9
	6	38 025	—	—	—	—	—	—	0.9
	7	38 025	—	—	—	—	—	—	0.9
	8	38 025	—	—	—	—	—	—	0.9
	9	38 025	—	—	—	—	—	—	0.9
	10	38 025	—	—	—	—	—	—	0.9
	11	38 025	—	—	—	—	—	—	0.9
	12	38 025	—	—	—	—	—	—	0.9
	13	38 025	—	—	—	—	—	—	0.9
	14	38 025	—	—	—	—	—	—	0.9
	15	38 025	—	—	—	—	—	—	0.9
	16	38 025	—	—	—	—	—	—	0.9
	17	38 025	—	—	—	—	—	—	0.9
	18	38 025	—	—	—	—	—	—	0.9
	19	38 025	—	—	—	—	—	—	0.9
	20	38 025	—	—	—	—	—	—	0.9
	21	38 025	—	—	—	—	—	—	0.9
	22	**38 025**	—	—	—	—	—	—	1
行业平均生产能力		**38 025**							

表 3-14　行业产品质量表

项　　目	企　业	周　期							
		1	2	3	4	5	6	7	评分
产品质量评价 权数：2	1	2	—	—	—	—	—	—	2
	2	2	—	—	—	—	—	—	2
	3	2	—	—	—	—	—	—	2
	4	2	—	—	—	—	—	—	1.6
	5	2	—	—	—	—	—	—	2
	6	2	—	—	—	—	—	—	2
	7	2	—	—	—	—	—	—	2
	8	2	—	—	—	—	—	—	2
	9	2	—	—	—	—	—	—	2
	10	2	—	—	—	—	—	—	2
	11	3	—	—	—	—	—	—	1.7
	12	2	—	—	—	—	—	—	2
	13	2	—	—	—	—	—	—	2
	14	2	—	—	—	—	—	—	2
	15	2	—	—	—	—	—	—	1.7
	16	2	—	—	—	—	—	—	2
	17	2	—	—	—	—	—	—	2
	18	2	—	—	—	—	—	—	2
	19	2	—	—	—	—	—	—	2
	20	2	—	—	—	—	—	—	1.7
	21	2	—	—	—	—	—	—	1.7
	22	3	—	—	—	—	—	—	1.3
行业平均质量水平		**2.09**							

从一般市场 E 产品的行业平均价格水平（1 033.6 元/台）与本企业的价格（928.8 元/台）比较后发现，本企业的价格低于行业平均价格，且从具体数据可以看出本企业的价格为行业中价格最低的企业，故起初制订的中等价格战略没有实现；从行业平均生产能力与本企业生产能力比较后发现，两者相等，都为 38 025 单位，故中等规模战略实现；从行业产品平均质量水平（2.09）与本企业质量水平（3）比较后发现，本企业质量水平低于行业水平，从实际数据看为行业中的最低水平，故中等质量的战略也没有实现。综上所述，在第一周期本企业属于中规模、低价格和低质量的企业，期初制订的战略没有完全实现，且企业价格过低导致缺货（理论市场占有率 5.9%，实际市场占有率只有 4.7%）。为此，制订本周期企业的经营目标和战略如下。

经营目标：充分把握市场容量上涨带来的机会，最大限度地赚取利润，不因价格过低导致缺货，E 产品库存控制在 2 000 单位以内。

经营战略：基于第一周期中等规模、低价格和低质量的实际情况，本周期采用大规模、低价格、低质量战略，即扩大企业的生产能力，继续保持低价格与低质量水平。

步骤二：生产调整决策

1. 设备能力调整

根据步骤一的战略要求，本周期要实施大规模生产的战略，故必须在原有的基础上增加设备生产能力。因企业现有的一个厂房已经不能再容纳更多的生产线，又考虑稳健经营的指导方针，决定不再增加生产线，而是在设备维修保养上找突破口，加大设备维修保养费用的投入，以提升维修保养系数，从而提升设备生产能力。当然，企业也可以通过增加生产合理化投入来提升生产能力，但企业目前的合理化系数已经达到理想的 1.3 水平，故不再增加。那么，维修保养系数应提升到多少呢？出于稳妥考虑，先提升到 0.94，即投入维修保养费用为 30 万元。由此可得企业总的设备生产能力为

$$6500 \times 5 \times 0.94 \times 1.3 = 39\ 715（单位）$$

根据生产能力反推生产计划的方法，先安排附加市场 II 的订单生产，即生产 B 产品 4 000 台，所需设备能力为

$$4\ 000 \times 0.9 = 3\ 600（单位）$$

因上周期没有参与附加市场 I 的投标，所以剩余的设备能力都用来安排一般市场 E 产品的生产，则一般市场计划量为

$$\frac{39\ 715 - 3\ 600}{1} = 36\ 115（台）$$

故最终生产计划为 36 115 台 E 产品和 4 000 台 B 产品，此时设备负载率达到 100%。

2. 人员能力调整

根据最终的生产计划确定人员需求如下。

$\frac{36\ 115}{250} + \frac{4\ 000}{280} = 158.75 \approx 159$（人），从第一周期的《市场生产数据报告》表 3-3 中的人员报告中可以得到，企业期初有生产人员 102 人，机器人 50 个，在福利费用 80% 的前提下，流失 4 人，则剩余 98 人，故生产人员缺口为 $159 - 98 - 50 = 11$（人），故应再招聘生产人员 11 人。此时，生产人员的负载率也接近充分利用达 99.9%。

综上所述，本周期生产决策完毕，相应的决策数据如下。

① 一般市场计划量：36 115 台。

② 附加市场 II 产量：4 000 台。

③ 生产线：不投资也不变卖。

④ 维修保养费用：投入 0.3 百万元。

⑤ 生产合理化投资：0 百万元。

⑥ 生产人员：招聘 11 人，辞退 0 人。

⑦ 机器人：不购买。

步骤三：销售决策

1. 价格决策

根据第一步的战略要求，本周期要实施的是低价格战略，故一般市场产品价格必须低

于市场平均价格，所以，就要先来预测本周期一般市场的平均价格。下面阐述与本仿真系统匹配的独创的市场平均价格预测法。预测时需要用到第一周期的相关行业数据，具体见表3-15。

表3-15　行业一般市场销售额表

项　目	企　业	周　期							评分
		1	2	3	4	5	6	7	
一般市场销售额（百万元）权数：1	1	25.62	—	—	—	—	—	—	0.9
	2	31.16	—	—	—	—	—	—	0.9
	3	32.45	—	—	—	—	—	—	0.9
	4	32.31	—	—	—	—	—	—	0.9
	5	31.24	—	—	—	—	—	—	0.9
	6	29.1	—	—	—	—	—	—	0.9
	7	27.93	—	—	—	—	—	—	0.8
	8	32.27	—	—	—	—	—	—	0.9
	9	33.51	—	—	—	—	—	—	0.9
	10	31.1	—	—	—	—	—	—	0.9
	11	33.59	—	—	—	—	—	—	0.9
	12	29.06	—	—	—	—	—	—	0.9
	13	24.02	—	—	—	—	—	—	1
	14	29.61	—	—	—	—	—	—	0.9
	15	31.68	—	—	—	—	—	—	0.9
	16	30.17	—	—	—	—	—	—	0.9
	17	33.3	—	—	—	—	—	—	0.9
	18	29.53	—	—	—	—	—	—	0.9
	19	20.34	—	—	—	—	—	—	0.9
	20	29.07	—	—	—	—	—	—	0.9
	21	32.65	—	—	—	—	—	—	0.9
	22	31.59	—	—	—	—	—	—	0.9
行业平均销售额		**30.06**							

表3-16　行业产成品库存量表

项　目	企　业	周　期							评分
		1	2	3	4	5	6	7	
累积产品库存（台）权数：1	1	10 929	—	—	—	—	—	—	0.7
	2	4 023	—	—	—	—	—	—	0.9
	3	1 888	—	—	—	—	—	—	0.9
	4	0	—	—	—	—	—	—	0.8
	5	3 541	—	—	—	—	—	—	1
	6	6 297	—	—	—	—	—	—	1

续表

项　目	企　业	周　期							
		1	2	3	4	5	6	7	评分
累积产品库存 （台） 权数：1	7	7 916	—	—	—	—	—	—	0.3
	8	2 061	—	—	—	—	—	—	0.9
	9	835	—	—	—	—	—	—	0.9
	10	3 991	—	—	—	—	—	—	1
	11	1 737	—	—	—	—	—	—	0.9
	12	6 467	—	—	—	—	—	—	0.5
	13	12 178	—	—	—	—	—	—	0.8
	14	6 079	—	—	—	—	—	—	0.8
	15	3 255	—	—	—	—	—	—	0.8
	16	5 005	—	—	—	—	—	—	0.8
	17	715	—	—	—	—	—	—	0.8
	18	5 892	—	—	—	—	—	—	0.7
	19	15 826	—	—	—	—	—	—	0.9
	20	6 330	—	—	—	—	—	—	0.4
	21	2 758	—	—	—	—	—	—	0.7
	22	0	—	—	—	—	—	—	0.9
行业平均库存		4 896.5							

（1）预测一般市场平均销售额。因上周期在一般市场平均价格为 1 033.6 元/台的情况下平均销售额为 30.06 百万元，本周期市场容量增加 7.14%，所以，本周期初步预测的一般市场平均销售额为

$$30.06 \times （1+7.14\%）=32.21（百万元）$$

因上周期行业平均库存达到 4 896.5 台，整个行业都存在较大的库存压力，预计本周期各个企业都会降低价格消化库存，所以，本周期平均价格肯定会下降，从而导致实际的销售额比 32.21 百万元还要大，这是因为 E 产品是需求富有弹性商品，价格的下降会使销售额增加。故我们修正预测值为 32.5 百万元。

（2）预测一般市场平均销售量。一般情况下企业都会按照既定规模进行生产，所以，行业平均生产能力大体保持不变（38 025 单位）。此外每个企业都会生产附加市场Ⅱ上的 4 000 台 B 产品，所以，本周期平均每个企业新生产的 E 产品数量为

$$38 025-4 000 \times 0.9=34 425（台）$$

由上文分析已知整个行业面临较高的库存压力，竞争对手都极有可能降价以消化库存，但是，由于上周期行业平均价格高达 1 033.6 元，本周期市场容量又增加，故行业平均价格不会下降很多，所以，我们预测本周期行业平均库存会继续增加 1 000 台（注意这个预测完全取决于决策者的风险偏好和经验水平，不同决策者可能不一样）。故本周期预测的一般市场平均销售量为周期新生产的产品减去 1 000 台，即为

$$34 425-1 000=33 425（台）$$

（3）预测一般市场平均价格。

$$预测的平均价格 = \frac{预测的平均销售额}{预测的平均销售量} = \frac{32.5 \times 10^6}{33\,425} = 972.33（元/台）$$

（4）最终定价。因本企业采取的是低价格战略，故制定的价格必须低于预测的市场平均价格 972.33 元；同时考虑到上周期本企业在定价 928.8 元时，是行业最低的企业，且销售量为行业最高的 34 020 台，故本周期采用与上周期相同的价格水平 928.8 元/台，这样的价格应该能够保证本周期的库存目标（小于 2 000 台）。注意这里企业定价时没有考虑产品的成本，原因是仿真系统模拟的是一个产品高度同质化的市场竞争环境，产品的价格由市场决定，行业中的企业只能被动地接受市场价格，故在定价方法上主要采用随行就市定价法，成本对定价没有实质的影响，企业要做的是在保证质量的基础上努力降低成本。

2. 广告费用投入决策

因 4 个促销手段中价格是最敏感最关键的因素，在上面的决策中已经制定了较低的价格，所以在广告费用的投入上，维持在行业平均水平即可。从仿真系统主界面第 6 项评价总表，可以得到所有企业的广告费用投入数量，进而可以得到行业平均水平。

表 3-17　行业广告费用表

| 项　目 | 企　业 | 周　期 | | | | | | | |
		1	2	3	4	5	6	7	评分
广告费用（百万元）权数：1	1	2.4	—	—	—	—	—	—	0.9
	2	2.21	—	—	—	—	—	—	1
	3	1.5	—	—	—	—	—	—	0.8
	4	1.56	—	—	—	—	—	—	0.7
	5	2	—	—	—	—	—	—	0.9
	6	1.86	—	—	—	—	—	—	0.8
	7	2	—	—	—	—	—	—	0.8
	8	1.8	—	—	—	—	—	—	0.8
	9	1.9	—	—	—	—	—	—	0.8
	10	2	—	—	—	—	—	—	0.8
	11	1.5	—	—	—	—	—	—	0.6
	12	1.89	—	—	—	—	—	—	0.8
	13	1.5	—	—	—	—	—	—	0.9
	14	2	—	—	—	—	—	—	0.9
	15	2	—	—	—	—	—	—	0.9
	16	2	—	—	—	—	—	—	0.8
	17	1.8	—	—	—	—	—	—	0.7
	18	1.89	—	—	—	—	—	—	0.9
	19	1	—	—	—	—	—	—	0.8
	20	2	—	—	—	—	—	—	0.9
	21	1.5	—	—	—	—	—	—	0.8
	22	1.8	—	—	—	—	—	—	0.8
行业平均广告费用		**1.82**							

从表 3-17 可得第一周期行业平均广告费用为 1.82 百万元，预计本周期也在这个水平左右，故最终决定投入 1.8 百万元。

3. 销售人员数量决策

销售人员数量决策跟广告费用投入决策的原理一样，因为，价格已经很低，所以，销售人员雇用量维持在行业平均水平即可。同样，从系统评价总表可以得到上周期所有企业销售人员雇用量，进而可以得到行业的平均水平。

表 3-18 行业销售人员数量表

项　目	企　业	周　期							
		1	2	3	4	5	6	7	评分
	1	48	—	—	—	—	—	—	0.9
	2	45	—	—	—	—	—	—	1
	3	45	—	—	—	—	—	—	0.9
	4	45	—	—	—	—	—	—	0.9
	5	40	—	—	—	—	—	—	0.9
	6	43	—	—	—	—	—	—	0.9
	7	45	—	—	—	—	—	—	0.9
	8	40	—	—	—	—	—	—	0.9
	9	45	—	—	—	—	—	—	0.9
	10	45	—	—	—	—	—	—	0.9
销售人员数量（人）权数：1	11	45	—	—	—	—	—	—	0.9
	12	45	—	—	—	—	—	—	0.9
	13	44	—	—	—	—	—	—	0.9
	14	50	—	—	—	—	—	—	0.9
	15	45	—	—	—	—	—	—	0.9
	16	42	—	—	—	—	—	—	0.9
	17	40	—	—	—	—	—	—	0.9
	18	45	—	—	—	—	—	—	0.9
	19	40	—	—	—	—	—	—	0.9
	20	40	—	—	—	—	—	—	0.9
	21	40	—	—	—	—	—	—	0.9
	22	45	—	—	—	—	—	—	0.9
行业平均水平		43.73							

从表 3-18 可得第一周期行业平均销售人员雇用量为 43.75 人，预计本周期也在这个水平左右，故最终决定雇用 46 人。

4. 市场和生产调研报告购买决策

根据企业的需要决定是否购买调研报告，由于从仿真系统第 6 项评价总表和第 4 项竞争结果数据中可以直接得到或间接推理到所有相关的数据，故一般不购买此报告。

5. 附加市场决策

在附加市场 I 上，因一般市场形势较好，所以，决定放弃参与投标。附加市场 II 的订单利润可观，所以，一般都会接受此订单。

综上所述，本周期的销售决策完毕，相应的决策数据如下。

① 一般市场价格：928.8 元/台。

② 广告费用投入：1.8 百万元。

③ 销售人员个数：46 人。

④ 市场和生产调研报告：N（不购买）。

⑤ 附加市场 I 投标价格：0，不投标。

⑥ 附加市场 II 产品数量：4 000 台。

步骤四：产品质量决策

在仿真系统中，影响产品质量的 3 个主要因素是科研人员雇用数量、产品改进费用和社会福利费用。在第一步决策中已经明确本周期实施低质量战略，结合上周期产品质量水平，确定目标质量等级为 3。要达到 3 级，根据决策经验，最低成本的决策是科研人员维持原有的 8 人，社会福利费用 80%，产品改进费用为最低值 20 万元。由此本周期产品质量决策完毕，决策数据如下。

① 科研人员招聘或辞退数：0 人。

② 产品改进费用：0.2 百万元。

③ 社会福利费用：80%。

步骤五：原材料采购决策

根据本周期最终的生产计划可得原材料和附件的需求量如下。

原材料：36 115×1＋4 000×1＝40 115（单位）。

附件：36 115×1＝36 115（单位）。

原材料库存为 39 275 单位，故缺口为 40 115－39 275＝840（单位），此量很小且与最近的批量 25 001 相差甚远，所以，本周期不考虑订购批量，就按实际需求量采购 840 单位。本周期原材料缺货的主要因素是在第一周期进行原材料采购时，虽按当时的规模采购了两周期的用量且留有一定余地，但没有预料到本周期扩大了产能，从而导致原材料缺货。附件的库存为 36 676 单位，故附件能满足本周期生产需要，不需购买。由此材料采购决策完毕，具体决策数据如下。

① 原材料购买量：840 单位。

② 附件购买量：0 单位。

步骤六：管理合理化投资和股息支付决策

1. 管理合理化投资决策

管理合理化投资有 3 个方案可供选择，分别是投资 15 万元、30 万元和 60 万元，下面对方案进行比较分析。因本周期较第 0 周期工资涨幅 8%，且 0 周期管理人员工资 3.5 万元/年，故本周期管理部门人员工资与福利费用总和为

$$25 \times 3.5 \times (1+8\%) \times (1+80\%) = 170.1（万元）$$

假设贷款利息为 10%，则各方案的投资成本分别如下。

方案一：$15 \times (1+10\%) = 16.5$（万元）。

方案二：$30 \times (1+10\%) = 33$（万元）。

方案三：$60 \times (1+10\%) = 66$（万元）。

各方的人员节省费用如下。

方案一：$170.1 \times 12\% = 20.41$（万元）。

方案二：$170.1 \times 25\% = 42.53$（万元）。

方案三：$170.1 \times 30\% = 51.03$（万元）。

故各方案的投资收益如下。

方案一：$20-16.5 = 3.5$（万元）。

方案二：$42.53-33 = 9.53$（万元）。

方案三：$51.03-66 = -14.97$（万元）。

故方案二的投资收益最大，故管理合理化投资为 30 万元。

2. 股息支付决策

企业累计支付股息的数量占企业最终经营成绩的 10%，是位于"总的盈亏累计"和"周期贷款总额"之后的第三大权重指标，且它与"总的盈亏累计"之间是跷跷板的关系，所以，不能忽视，应综合权衡。因为，股息是用税后利润支付的，所以，如果企业当期亏损或前期亏损还没转结完毕就无法支付股息，如果当期税后利润小于计划支付的股息数量，系统自动以税后利润的全部支付股息。在实际决策时要根据竞争企业累积支付的股息、本企业累计支付股息及支付能力进行确定。由于系统根据累计支付的数量进行评分的，所以，前几周期的决策相对较为简单，只要不属于行业最低即可，最后一周就要慎重决策，如果本企业严重落后，就要多支付些（具体的决策方法详见本章后续章节）。本周期决定支付 0.8 百万元。

经验宝典：

在支付股息决策时，我们通常采用"两头多，中间少"的策略，即在第一周期和最后一周期尽量多支付，其他周期只要维持在行业平均水平就可以了。第一周期多支付是为了防止因后续经营周期市场形势持续恶化而无法支付股息，进而导致该项分值很低的情形。此时，如在第一周期支付了较多股息，并处于行业领先的话，后续一直会保持下去。在最后一周期多支付是为了在最后关头把该项分值提上去，当然也应视企业当前的分值而定，如果已经遥遥领先则可以少支付甚至不再支付，以增加企业总的盈亏累计值。

步骤七：产品成本核算，修正价格

产品成本核算的目的是明确本周期各个产品的成本大小，以进一步判断定价的合理性。成本核算主要依据预算中的《成本承担单元核算（预算）报表》，见表3-19，主要核算的指标是 E 产品的单位成本，特殊产品 B 或 I 的单位成本。

表3-19　成本承担单元核算（预算）（第2周期）

成本\成本承担单元	合　计（百万元）	一般产品一般市场	一般产品附加市场 I	特殊产品附加市场 II
原材料	2.26	2.03	0	0.22
＋附件	4.6	4.6	0	0
＋生产材料	1.19	1.08	0	0.11
＝材料直接费用	8.06	7.72	0	0.33
＋材料间接费用	0.47	0.45	0	0.01
＝材料成本	**8.53**	**8.17**	**0**	**0.35**
加工直接费用	6.35	5.78	0	0.57
＋加工间接费用	5.3	4.82	0	0.48
＝加工成本	**11.66**	**10.6**	**0**	**1.05**
＝制造成本	**20.19**	**18.78**	**0**	**1.41**
＋研究开发费用	1.03	0.96	0	0.07
＋销售费用	3.66	3.41	0	0.25
＋管理费用	2.64	2.46	0	0.18
＝产品成本	**27.55**	**25.62**	**0**	**1.92**
销售收入	37.49	33.54	0	3.95
＋/－产品库存变化	0	0	0	0
＝总的经营收入	**37.49**	**33.54**	**0**	**3.95**
生产经营成果	**9.94**	**7.92**	**0**	**2.02**

从表3-19可得，本周期一般市场 E 产品总成本为 25.62 百万元，附加市场 II 上 B 产品的总成本为 1.92 百万元，结合周期产量，可得 E 产品和 B 产品的单位成本。

E 产品的单位成本 $= \dfrac{25.62 \times 10^6}{36\,115} = 709.40$ （元/台）。

B 产品的单位成本 $= \dfrac{1.92 \times 10^6}{4\,000} = 480.00$ （元/台）。

根据各产品生产的材料和人员需求可以算出其单位变动成本如下。

E 产品的单位变动成本＝1 单位原材料＋1 单位附件＋30 元辅助生产材料＋1 个生产人员周期的工资和福利费用/250＝$56.3 + 127.6 + 30 + \dfrac{30000 \times (1+80\%) \times (1+8\%)}{250} = 447.18$（元/台）。

B 产品的单位变动成本＝1 单位原材料＋28 元辅助生产材料＋1 个生产人员周期的工资福利费用/280＝$56.3 + 28 + \dfrac{30000 \times (1+80\%) \times (1+8\%)}{280} = 292.59$（元/台）。

在销售决策中，已经决定一般产品 E 的价格为 928.8 元/台，大于单位成本 709.40 元/台，且远远大于单位变动成本 447.18 元/台，所以，E 产品定价较合理。在周期形势中我们可知 B 产品的价格为 988 元/台，大于单位成本 480 元/台，且远远大于单位变动成本 292.59 元/台，故接受此订单利润可观。

步骤八：中期贷款与有价证券购买决策

1. 中期贷款决策

利用仿真系统的预算模块可以轻松地进行贷款决策，企业决策时可以先在"中期贷款"栏输入一个预估的值，通过预算模块中的《生产经营财务报告》进行中期贷款数量的调整。本周期根据估算先输入 13，即 1 300 万元，预算的《生产经营财务报告》见表 3-20。

表 3-20 生产经营财务报告（预算）（第 2 周期）

本周期财务报告（百万元）			
期初现金		**1.24**	
现金收入	本周期（百万元）	现金支出	本周期（百万元）
本周期产品销售收入	29.99	材料费用	1.28
＋前周期产品销售收入	7.34	＋人员费用	10.56
		＋其他经营费用	4.72
＋有价证券	0	＋中期和透支贷款归还	27
＋利息收入	0	＋利息费用	3.29
		＋购买机器人	0
＋特别收入	0	＋购买生产线和厂房	0
＋生产线变卖收入	0	＋购买有价证券	0
		＋税收	2.66
＋中期贷款	13	＋股息支付（前周期）	0.3
＋透支贷款	0	＋特别费用	0
＝现金收入合计	50.34	＝现金支出合计	49.82
期末现金		**1.76**	

从表 3-20 可得，中期贷款为 13 百万元时，如果 E 产品全部销售完毕，则不但没有透支贷款，而且，期末仍有 1.76 百万元的现金余额。回顾决策第一步中提出的本周期库存小于 3 000 台的目标，再结合本周期 E 产品的价格 928.8 元/台，则期末需保留的现金余额为

$$2\ 000 \times 928.8 \times 80\% = 1.49（百万元）$$

加上系统规定的最低现金存量 0.1 百万元，故总的现金余额应保持在 1.59 百万元左右，表 3-20 中余额为 1.76 百万元，所以，中期贷款 13 百万元比较合理。

2. 有价证券购买决策

因本周期仍需要中期贷款，所以不购买有价证券。

综合步骤六、步骤七、步骤八，企业的财务决策完毕，具体决策数据如下。

① 社会福利费用：80%。

② 中期贷款：13 百万元。

③ 购买有价证券：0 百万元。

④ 计划支付股息：0.8 百万元。

⑤ 管理合理化投资：0.3 百万元。

综合以上各个步骤，本企业第二周期决策完毕，各个决策数据详见表 3-21。

表 3-21 第 2 周期决策数据

销售决策		生产决策	
一般市场价格（元/台）	928.8	一般市场产品计划量（台）	36 115
广告费用投入（百万元）	1.8	生产线投资数（条）	0
销售人员数（人）	46	生产线变卖数（条）	0
市场和生产研究报告（Y/N）	N	维修保养费用（百万元）	0.3
附一：投标价格（元/台）	0	生产合理化投资（百万元）	0
附二：特殊产品数（台）	4000	生产人员招收数（人）	11
采购决策		生产人员辞退数（人）	0
购买原材料量（台）	840	购买机器人（个）	0
购买附件量（台）	0	财务决策	
质量决策		社会福利费用（%）	80
科研人员招收数（人）	0	中期贷款（百万元）	13
科研人员辞退数（人）	0	购买有价证券（百万元）	0
产品改进费用（百万元）	0.2	计划支付股息（百万元）	0.8
		管理合理化投资（百万元）	0.3

第二节 最后一周期经营决策技巧

最后一周期是企业经营决策的决胜局，它对企业在行业中最后的经营业绩排名有重要影响，故最后一周期的经营决策与其他周期有不同的策略和重点。如果这些策略和重点运用得当，有可能使原来排名相对落后的企业在最后关头扭转乾坤；反之，也有可能使企业的排名一落千丈。有人可能认为经营业绩排名是没有意义的，而且，可能导致企业的短期行为，但现实中类似排名的现象比比皆是，如上市公司为了赢得投资者的青睐，需要在最后关头把年报或季报做得很靓丽，基金公司为了赢得更多基民需要在年关岁尾把基金年报做得很优异，以提升基金在业内的排名等，有了优异的排名这些公司就会拥有更多的资源，从而促使企业更好地发展，诸如此类现象告诉我们，作为企业的经营决策者必须认真地考虑和对待这个问题，所以，本节专门来阐述最后一周期的经营决策技巧，即如何提升企业最后的业绩排名。要提升排名，首先要了解企业综合排名依据的各个指标及其权重，从而做到有的放矢。

一、企业经营决策评价指标及权重

仿真系统默认的企业经营业绩指标及权重见表 3-22，系统主持人可以改变指标的权重，但一般都按系统默认的权重进行排名。

表 3-22　评价指标权重

一般市场价格	1	实际市场占有	1	税前企业赢利	1
广告费用投入	1	一般市场产量	1	周期缴纳税收	1
销售人员数量	1	累积产品库存	1	机器人累计数	1
一般市场计划	1	生产人员数量	2	设备生产能力	1
一般市场销量	1	生产线的负荷	1	总的盈亏累计	40
产品研究费用	1	生产人员负荷	1	周期贷款总额	24
一般市场销售额	1	周期支付股息	10	周期期末现金	1
理论市场占有	1	产品质量评价	2	资产负债合计	4

从表 3-22 可以看出，在所有 24 个指标中前 3 大指标为"总的盈亏累计"权重最大，占 40 分；其次是"周期贷款总额"，占 24 分；最后是"周期支付股息"，占 10 分。所有指标合计总分为 100 分。在企业经营决策时，想要兼顾每一个指标，力求每一个指标做到最大，那是不可能完成的任务，因为有些指标本身就具有一定的互斥性，所以，作为经营决策者，要抓大放小，目标集聚于权重最大的 3 个指标，只要这个 3 个指标达到最优，企业经营业绩就达到最优。

二、最后一周期经营决策技巧

企业最后一周期的经营决策与前几周期决策的不同或技巧主要有以下几点。

1. 原材料和附件的采购技巧

原材料和附件采购决策主要考虑的是采购成本和周期贷款总额的优化。总的原则是尽量使周期贷款达到最低（最好是 0），同时，最大限度降低原材料的采购成本。下面以本章第一节中 22 号企业的第 7 周期决策为例进行阐述。企业第 7 周期的原材料和附件的仓库报告见表 3-23。

表 3-23　原材料和附件仓库报告

仓库报告 I：原材料	量	价值		仓库报告 III：附件	量	价值	
	（台）	（元/台）	（百万元）		（台）	（元/台）	（百万元）
期初库存	200	60	0.01	期初库存	0	0	0
＋增加	70 001	67.2	4.7	＋增加	70 001	147	10.29
－消耗	41 105	67.1	2.76	－消耗	38 105	147	5.6
＝期末库存	29 096	67.1	1.95	＝期末库存	31 896	147	4.68

从表 3-23 的仓库报告中我们可以看到，因期初库存不能满足当期生产的需求，该企业原材料和附件都按最大批量采购为 70 001 单位（表中"增加"），实际上本周期原材料只需要 41 105 单位，附件只需要 38 105 单位（表中"消耗"）。为什么最后一周期在不必为下一周期留有库存时不按 45 001 批量采购，而是按最大批量采购？主要原因有两个：

一是大批量采购能降低成本，提升利润，从而增加权重最大的"总盈亏累计"指标的数值；二是即使是最大批量的采购，也不会导致企业中期贷款的增加，从而确保了企业最后一周期"周期中期贷款"指标分值最大。从企业第 7 周期预算时的《生产经营财务报告》表 3-24 也可以证实，在按最大量采购时，不但需要中期贷款，而且期末现金还有 15.65 百万元，所以，一般情况下不会出现透支贷款情况。但要注意的是，如果企业按 45 001 采购时不需要中期贷款，但按 70 001 采购时就需要中期贷款，这时就要按 45 001 采购，以确保"周期中期贷款"分值最大。

表 3-24 财务报告（预算）（第 7 周期）

财务报告本周期（百万元）			
期初现金	0.1		
现金收入	本周期（百万元）	现金支出	本周期（百万元）
本周期产品销售收入	32.54	材料费用	16.22
＋前周期产品销售收入	6.61	＋人员费用	12.19
		＋其他经营费用	5.24
＋有价证券	13.5	＋中期和透支贷款归还	0.2
＋利息收入	0.81	＋利息费用	0.52
		＋购买机器人	0
＋特别收入	0	＋购买生产线和厂房	0
＋生产线变卖收入	0	＋购买有价证券	0
		＋税收	3.31
＋中期贷款	0	＋股息支付（前周期）	0.3
＋透支贷款	0	＋特别费用	0
＝现金收入合计	53.47	＝现金支出合计	38
期末现金	15.56		

2. 中期贷款决策技巧

中期贷款在最后一周期的决策技巧是根据预算时企业现金收支情况，如需中期贷款则只贷企业必需的最小额，不留一点余地，即期末现金为系统要求的 0.1 百万元。一般情况下，企业在最后一周期现金流充沛，已经不需要中期贷款，如 22 号企业第 7 周期财务报告（表 3-24），但不排除在市场形势持续恶化或企业经营状况不理想的情况下，仍需要中期贷款的情形。例如，同为该组的 19 号企业，其预算的财务报告表 3-25 显示，如果中期贷款为 8 百万元，则期末现金为 1.17 百万元，除去系统要求的 0.1 百万元现金，仍留有 1.07 百万元现金余额。如果不是在最后一周期，这样的现金余额是比较科学合理的，但最后一周期是决胜局，且系统是根据本周期中期贷款和透支贷款两者和的大小给"周期中期贷款"指标赋分的，两者之和越小分数越高，反之则越低。所以，在决策时就按企业所需贷款的最小值即 $8-1.07=6.93$（百万元），这样的贷款虽然可能导致透支贷款，从而增加本周期的利息费用，但因仿真系统设定本周期的利息费用是在下一周期计提（注：不符合财务制度），所以，我们可以不管透支贷款，故一个最简单的处理方法就是不管最后一周期需不需要中期贷款，该项直接输入 0。

表3-25　19号企业财务报告（预算）（第7周期）

本周期财务报告（百万元）			
期初现金	0.1		
现金收入	本周期（百万元）	现金支出	本周期（百万元）
本周期产品销售收入	27.65	材料费用	16.11
＋前周期产品销售收入	5.92	＋人员费用	10.66
		＋其他经营费用	5.67
＋有价证券	0	＋中期和透支贷款归还	4.75
＋利息收入	0	＋利息费用	1.2
		＋购买机器人	0
＋特别收入	0	＋购买生产线和厂房	0
＋生产线变卖收入	0	＋购买有价证券	0
		＋税收	1.79
＋中期贷款	8→6.93	＋股息支付（前周期）	0.3
＋透支贷款		＋特别费用	0
＝现金收入合计	40.51	＝现金支出合计	40.51
期末现金	1.17→0.1		

3. "总的盈亏累计"与"周期支付股息"间优化平衡的技巧

"总盈亏累计"与"周期支付股息"两者是跷跷板的关系，因为企业每周期的税后利润是有限的，它一部分用来支付股息，剩余部分作为本周期的留存利润来增加"总的盈亏累计"，股息支付得多了，盈亏累计增加量就减少了，所以，必须优化平衡，力求两者分值和最大。两者优化与平衡的原则是着力短板指标，注重边际效用。下面以同组的14号企业为例，进行实例说明。

从行业总盈亏累计表3-26看，截至第6周期该企业已经处于分项第一名，即满分40分，所以，最后一周期无论增加多少，如果仍然保持第一名，则盈亏累计增加的边际效用为0。但从行业周期支付股息表3-27可知，14号企业该指标的分值为5.4分，处于一般水平，故该项为短板指标，必须在最后一周期着重投入。那么，应投入多少呢？要看当前股息支付第一名的5号企业，该企业已累计支付的股息为

$$0.3＋0.8＋1.25＋1.1＋1.02＋1＝5.47（百万元）$$

而14号企业累计支付的股息为

$$0.5＋0.5＋0.5＋0.5＋0.5＋0.5＝3（百万元）$$

相差2.47百万元。根据5号企业前几周期的支付数据，预计本周期其将支付0.8～1.2百万元。所以，要追上5号企业的话，14号企业本周期应支付股息的区间为（2.47＋0.8）～（2.47＋1.2），即3.27～3.67百万元。14号企业最终决定把所有的税后利润用于支付股息，在计划支付股息栏输入5百万元，最后的结果是该企业第7周期总的税后利润为3.98百万元，小于计划支付股息，故系统把3.98百万元全部用于支付股息。从表3-28和表3-29可以看出，第7周期"总的盈亏累计"数值跟第6周期一样没有增加，导致该项分值从

40 分降到 34.7 分，而"周期支付股息"指标一跃成为行业第一，分值为 10 分，所幸的是 14 号企业最后排名仍是行业第一。但是这样大手笔粗放的决策其实是很危险的，本周期如果 14 号企业支付 3.3 百万元的股息会更稳妥。

表 3-26 行业总的盈亏累计表

项 目	企 业	周 期							评分
		1	2	3	4	5	6	7	
总的盈亏累计（百万元）权数：40	1	6.08	9.48	12.28	14.69	17.12	18.63	—	32.1
	2	7.08	10.25	13.25	15.8	18.27	20.35	—	35.1
	3	7.66	10.37	14.22	16.96	19.67	22.52	—	38.8
	4	6.29	8.55	11.67	14.04	16.32	18.27	—	31.5
	5	7.13	9.39	12.55	14.16	16.09	17.88	—	30.8
	6	7.02	9.9	12.44	15.52	17.32	19.99	—	34.4
	7	6.78	9.07	11.42	12.55	14.01	15.08	—	26
	8	7.28	10.6	14.59	17.03	20.18	22.84	—	39.4
	9	7.41	10.81	15.03	17.66	20.33	23.02	—	39.7
	10	7.28	10.95	14.35	16.68	19.07	22.18	—	38.2
	11	7.38	10.52	14.35	17.05	18.75	21.09	—	36.3
	12	6.8	8.92	12.59	14.54	17.08	20.05	—	34.5
	13	6.38	6.9	7.47	10.06	11.88	13.21	—	22.7
	14	**6.81**	**9.42**	**13.53**	**15.83**	**20.67**	**23.18**	**—**	**40**
	15	6.65	8.88	13	14.87	17.31	19.88	—	34.3
	16	6.92	10.66	13.88	16.24	18.95	20.9	—	36
	17	7.58	10.88	15.24	16.13	18.85	21.5	—	37.1
	18	6.88	9.23	13.14	15.25	18.08	21.03	—	36.2
	19	5.76	8.92	12.24	14.56	15.85	17.03	—	29.3
	20	6.94	9.36	11.75	12.67	13.52	14.4	—	24.8
	21	6.85	9.25	10.01	12.64	14.19	14.19	—	24.4
	22	6.54	9.73	12.66	15.15	17.22	20.17	—	34.8

表 3-27 行业周期支付股息表

项 目	企 业	周 期							评分
		1	2	3	4	5	6	7	
周期支付股息（百万元）权数：10	1	0.4	0.71	0.78	0.3	0.7	0.8	—	6.7
	2	0.4	1.2	0.9	0.5	0.85	1.1	—	9
	3	0.3	0.3	0.3	0.3	0.3	0.3	—	3.2
	4	0.8	0.5	1	0.3	0.3	0.3	—	5.8
	5	**0.3**	**0.8**	**1.25**	**1.1**	**1.02**	**1**	**—**	**10**
	6	0.3	0.5	1	0.3	0.9	0.3	—	6
	7	0.3	0.3	0.3	0.3	0.5	0.5	—	4

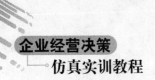

续表

项 目	企 业	周 期							评分
		1	2	3	4	5	6	7	
周期支付股息（百万元）权数：10	8	0.3	0.3	0.3	0.3	0.3	0.3	—	3.2
	9	0.3	0.3	0.3	0.3	0.3	0.3	—	3.2
	10	0.3	0.3	0.5	0.5	0.6	0.5	—	4.9
	11	0.3	0.3	0.3	0.3	0.3	0.3	—	3.2
	12	0.5	0.3	0.3	0.3	0.3	0.3	—	3.6
	13	0.3	0.3	0.3	0.3	0.3	0.3	—	3.2
	14	**0.5**	**0.5**	**0.5**	**0.5**	**0.5**	**0.5**	—	**5.4**
	15	1	0.7	0.5	0.88	0.9	0.7		8.5
	16	0.5	0.5	0.5	0.6	0.6	0.8		6.3
	17	0.3	0.3	0.3	0.9	0.3	0.6	—	4.9
	18	0.5	0.3	0.5	0.3	0.3	0.3	—	4
	19	0.3	0.6	0.3	0.5	0.3	0.3	—	4.2
	20	0.3	0.3	0.3	0.3	0.3	0.3	—	3.2
	21	0.3	0.3	0.3	0.3	0.3	0.08	—	2.8
	22	0.3	0.8	1	0.3	0.8	0.3	—	6.3

表 3-28　行业总的盈亏累计表

项 目	企 业	周 期							评分
		1	2	3	4	5	6	7	
总的盈亏累计（百万元）权数：40	1	6.08	9.48	12.28	14.69	17.12	18.63	21.49	32.1
	2	7.08	10.25	13.25	15.8	18.27	20.35	23.39	35
	3	7.66	10.37	14.22	16.96	19.67	22.52	25.54	38.2
	4	6.29	8.55	11.67	14.04	16.32	18.27	20.97	31.4
	5	7.13	9.39	12.55	14.16	16.09	17.88	20.64	30.9
	6	7.02	9.9	12.44	15.52	17.32	19.99	23.21	34.7
	7	6.78	9.07	11.42	12.55	14.01	15.08	18.17	27.2
	8	7.28	10.6	14.59	17.03	20.18	22.84	26.67	39.9
	9	7.41	10.81	15.03	17.66	20.33	23.02	26.7	40
	10	7.28	10.95	14.35	16.68	19.07	22.18	24.76	37
	11	7.38	10.52	14.35	17.05	18.75	21.09	22.58	33.8
	12	6.8	8.92	12.59	14.54	17.08	20.05	23.78	35.6
	13	6.38	6.9	7.47	10.06	11.88	13.21	16.6	24.8
	14	**6.81**	**9.42**	**13.53**	**15.83**	**20.67**	**23.18**	**23.18**	**34.7**
	15	6.65	8.88	13	14.87	17.31	19.88	23.42	35
	16	6.92	10.66	13.88	16.24	18.95	20.9	23.75	35.5
	17	7.58	10.88	15.24	16.13	18.85	21.5	24.71	37
	18	6.88	9.23	13.14	15.25	18.08	21.03	24.66	36.9
	19	5.76	8.92	12.24	14.56	15.85	17.03	19.02	28.4
	20	6.94	9.36	11.75	12.67	13.52	14.4	12.91	19.3
	21	6.85	9.25	10.01	12.64	14.19	14.19	15.92	23.8
	22	6.54	9.73	12.66	15.15	17.22	20.17	24.2	36.2

表 3-29　行业周期支付股息表

项　目	企　业	周　期							
		1	2	3	4	5	6	7	评分
周期支付股息（百万元）权数：10	1	0.4	0.71	0.78	0.3	0.7	0.8	1	6.7
	2	0.4	1.2	0.9	0.5	0.85	1.1	1	8.5
	3	0.3	0.3	0.3	0.3	0.3	0.3	0.3	3
	4	0.8	0.5	1	0.3	0.3	0.3	0.3	5
	5	0.3	0.8	1.25	1.1	1.02	1	1	9.2
	6	0.3	0.5	1	0.3	0.9	0.3	0.3	5.1
	7	0.3	0.3	0.3	0.3	0.5	0.5	0.5	3.8
	8	0.3	0.3	0.3	0.3	0.3	0.3	0.3	3
	9	0.3	0.3	0.3	0.3	0.3	0.3	0.3	3
	10	0.3	0.3	0.5	0.5	0.6	0.5	1.3	5.7
	11	0.3	0.3	0.3	0.3	0.3	0.3	1	4
	12	0.5	0.3	0.3	0.3	0.3	0.3	0.3	3.2
	13	0.3	0.3	0.3	0.3	0.3	0.3	0.3	3
	14	**0.5**	**0.5**	**0.5**	**0.5**	**0.5**	**0.5**	**3.98**	**10**
	15	1	0.7	0.5	0.88	0.9	0.7	0.4	7.2
	16	0.5	0.5	0.5	0.6	0.6	0.8	1	6.4
	17	0.3	0.3	0.3	0.9	0.3	0.6	0.8	5
	18	0.5	0.3	0.5	0.3	0.3	0.3	0.3	3.5
	19	0.3	0.6	0.3	0.5	0.3	0.3	0.7	4.2
	20	0.3	0.3	0.3	0.3	0.3	0.3	0	2.5
	21	0.3	0.3	0.3	0.3	0.3	0.08	0.3	2.6
	22	0.3	0.8	1	0.3	0.8	0.3	0.8	6.1

4. 有价证券的购买决策

因有价证券购买要在下一周期收回本息，所以，最后一周期不要买有价证券，如果购买不但没有收益，而且还会减少期末现金的存量，从而减少"期末现金（1 分）"指标的分值。

第 4 章

经营决策总结与对策分析

 知识目标

（1）熟悉企业周期经营业绩报表的结构和核算思路。

（2）掌握企业销售类指标的读取与核算方法。

（3）掌握企业生产类指标的读取与核算方法。

（4）掌握库存和成本类指标的读取与核算方法。

（5）掌握企业利润及赢利能力指标的读取与核算方法。

（6）掌握企业贷款及偿债能力指标的读取与核算方法。

（7）掌握企业经营状况与行业对照分析的思路。

 能力目标

（1）能看懂系统编制的每张企业经营报表。

（2）能根据企业经营报表读取和核算企业的销售类指标。

（3）能根据企业经营报表读取和核算企业的生产类指标。

（4）能根据企业经营报表读取与核算企业库存和成本类指标。

（5）能根据企业经营报表读取与核算企业利润及赢利能力指标，并分析企业的赢利能力。

（6）能根据企业经营报表读取与核算企业贷款及偿债能力指标，并分析企业的偿债能力。

（7）能对企业的经营状况与行业进行对照分析，并据此采取相应的对策与措施。

第一节 企业经营报表的读取与分析

第 3 章中以 22 号企业为例，进行了第 2 周期的经营决策，在主持人系统完成第 2 周期的模拟竞争后，每个企业可以得到该周期的经营业绩报表。作为企业的经营决策者必须能读这些报表，能计算相应的指标，并据此分析该周期经营决策的成功与不足，为下周期决策提供依据。本节以该企业第 2 周期的经营报表为例，阐述报表的读取与分析。为使报表读取更具针对性，我们结合实训报告中要填写的指标数据展开。

一、周期经营决策实训报告

为了更好地提升课程的教学效果，我们专门设计了与仿真系统匹配的实训报告，该报告以周期为单位，主要记录某一经营周期的经营业绩等相关指标，具体如下。

第＿＿周期经营业绩报告

报告时间：　　　年　　月　　日

本周期经营决策数据及业绩指标（注意指明各指标单位）					
一般市场产品价格		销售人员雇佣数		产品质量等级	
广告费用		E 产品计划产量		E 产品实际产量	
E 产品的销售额及销量		原材料购买量		附件购买量	
产品改进费用		订单产品类型数量及价格		生产线投资或变卖数	
维修保养费用及系数		生产合理化投资及系数		生产人员招收和辞退数	
机器人数量		社会福利费用（%）		管理合理化投资额	
E 产品的理论市场占有率		E 产品的实际市场占有率		计划支付股息	
总销售收入		生产经营成本		息税前利润	
税前利润		未分配利润总额		总资产	
设备、生产人员的负荷状况					
生产线条数		实际生产能力（A）（生产线 100% 负荷时的能力）		所需生产能力（B）（按生产计划计算的能力）	生产线负载率（B/A）
自然人生产人员（C）		所需生产人员（D）（按生产计划计算的人员减去机器人个数）		生产人员负载率（D/C）	科研人员数量
库存、成本及相关财务指标状况					
原材料库存量		附件库存量		E 产品库存	
E 产品的行业平均库存		E 产品的单位制造成本（加权）		E 产品的单位变动成本	
一般市场 E 产品的单位成本		本周期利息费用		已获利息倍数	
中期贷款		透支贷款		资产负债率	
总资产报酬率		净资产报酬率		流动比率	速动比率

注：上述指标中加下画线的表示在预算时就可以填写的，其余在系统仿真决算后填写。

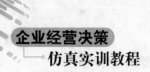

二、经营报表的读取与分析

1. 周期经营决策数据与业绩指标的读取与分析

（1）一般市场产品价格。从表4-1市场生产数据报告——市场报告栏，可得知本周期一般市场产品价格为928.8元/台。

（2）销售人员雇佣数量。从表4-1市场生产数据报告——人员报告Ⅱ栏，可得知到本周期销售人员雇佣数量为46人。

（3）产品质量等级。从表4-1市场生产数据报告——市场报告栏，可得知本周期产品质量等级为3级。

（4）广告费用。从表4-2产品成本类型核算报告——其他经营费用栏，可得知本周期一般市场的广告费用为1.8百万元。

（5）E产品的计划产量和实际产量。E产品的计划量是决策时一般市场计划量与附加市场Ⅰ的产量之和，因第1周期没有中标，所以，本周期附加市场Ⅰ的产量为0，故计划量就是一般市场的计划量，从表4-1市场生产数据报告——生产报告Ⅱ栏，可得知第2周期的实际产量为36 115台。实际产量和计划产量一般情况下是相同的，只有在设备或生产人员其中一项或两项均不够，且加班到最大仍然不能完成生产计划时，两者不相等。此时，设备和人员负载率中至少有一个为110%。只所以设置这两个指标，就是为了判定决策者的生产管理能力。

（6）E产品的销售额及销量。在表4-1市场生产数据报告——市场报告栏，把一般市场与附加市场Ⅰ的销售额与销售量相加即为E产品的销售额和销售量，故销售额为33.54百万元，销售量为36 115台。当然，销售量也可以从同一个报告的"仓库报告Ⅱ：一般产品"中得知，因为仓库的消耗量就是产品的销售量。

（7）原材料和附件的采购量。在表4-1市场生产数据报告——仓库报告Ⅰ和Ⅲ栏，仓库的增加量就是原材料和附件本周期的采购量，故本周期原材料的采购量为840单位，附件的采购量为0。

（8）产品改进费用。从表4-2产品成本类型核算报告或表4-3成本发生部门核算——其他研究开发费用栏，可得知本周期产品改进费用为0.2百万元。

（9）订单产品类型、数量及价格。从表3-1本周期形势中可得知附加市场Ⅱ订单产品为B产品，数量为4 000台，价格为988元/台。

（10）生产线投资或变卖数。从表4-1市场生产数据报告——生产报告Ⅰ栏，可得知本周期生产线既没有投资也没有变卖，故为0。

（11）维修保养费用及系数。表4-3成本发生部门核算——维修保养费用栏与生产部门列相交的数据，即为本周期生产线投入的维修保养费用，为0.3百万元；从表4-1市场生产数据报告——生产报告Ⅲ栏，可得知本周期维修保养系数为0.94。

（12）生产合理化投资及系数。表4-3成本发生部门核算——合理化栏与生产部门列相交的数据，即为本周期生产线合理化投资费用，故为0百万元；从表4-1市场生产数据报告——生产报告Ⅲ栏，可得知本周期生产线合理化系数为1.3。

第 4 章

经营决策总结与对策分析

（13）生产人员招收或辞退数。从表 4-1 市场生产数据报告——人员报告 I 栏，可得知本周期生产人员招聘数量为 11 人，辞退为 0 人。

（14）机器人数量。从表 4-1 市场生产数据报告——生产报告 I 栏，可得知企业拥有的机器人为 50 个。

（15）社会福利费用。在决策时要记录该数值，当然如果忘记也可以倒推出来，本周期为 80%。

（16）管理合理化投资额。表 4-3 成本发生部门核算——合理化栏与管理部门列相交的数据，即为本周期管理合理化投资额，为 0.3 百万元。

表 4-1 市场生产数据报告（第 2 周期）

市场报告				仓库报告 I：原材料		
	一般市场	附加市场			量	价值
		I	II		（台）	（元/台）	（百万元）
价格（元/台）	**928.8**	0	988	期初库存	39 275	55.2	2.16
销售量（台）	**36 115**	0	4 000	＋增加	**840**	110	0.09
销售额（百万元）	**33.54**	0	3.95	－消耗	40 115	56.3	2.26
市场占有率（%）		4.6		＝期末库存	0	0	0
产品质量评价		**3**					

仓库报告 II：一般产品				仓库报告 III：附件		
	量	制造成本	库存价值		量	价值
	（台）	（元/台）	（百万元）		（台）	（元/台）	（百万元）
期初库存	0	0	0	期初库存	36 676	127.6	4.68
＋增加	36 115	520.11	18.78	＋增加	**0**	230	0
－消耗	**36 115**	520.11	18.78	－消耗	36 115	127.6	4.6
＝期末库存	0	0	0	＝期末库存	561	127.6	0.07

人员报告 I			人员报告 II	
	生产部门	研究开发部门	部门	人员（人）
期初人员	102	8	销售	**46**
＋招聘	**11**	0	采购	5
－辞退	**0**	0	管理	25
－流动	4	—	管理的合理化系数	1.3
＝期末人员	109	8		

生产报告 I			生产报告 II		
	生产线	机器人	加工	设备要求	人员要求
	（条）	（个）	（台）	（单位）	（人）
前周期	5	50	一般产品	**36 115**	36 115	94.4
＋投资	**0**	0	特殊产品	4 000	3 600	14.2
－变卖	0	—	合计	40 115	39 715	109
本周期	5	**50**	负载率（%）	—	100	99.9

生产报告 III	
生产线的合理化系数	1.3
生产线维修保养系数	0.94
生产线负载率 100%时的生产能力	39 715

表4-2　产品成本类型核算报告（第2周期）

成本类型	（百万元）	成本类型说明
材料费用		
原材料	2.26	直接成本
附件	4.6	直接成本
生产材料	1.19	直接成本
人员费用		
工资费用	6.58	其中，直接成本3.53
人员附加费用	3.86	其中，直接成本2.82
招聘/辞退费用	0.11	间接成本
折旧费用		
厂房	0.2	间接成本
生产线	2	间接成本
机器人	2	间接成本
其他经营费用		
其他固定费用	1.6	间接成本
维修保养	0.35	间接成本
合理化	0.3	间接成本
返修/废品	0.47	间接成本
库存费用	0	间接成本
广告费用	1.8	间接成本
市场研究	0	间接成本
其他研究开发费用	0.2	间接成本
合　计	27.55	

表4-3　成本发生部门核算（第2周期）

成本类型\成本发生部门	合　计（百万元）	采　购	生　产	研究开发	销售库存	管　理
人员费用						
工资	3.05	0.16	0	0.43	1.74	0.7
人员附加费用	1.04	0.12	0	0.34	0	0.56
招聘/辞退	0.11	0	0.11	0	0	0
折旧费用						
厂房	0.2	0.03	0.12	0.01	0.02	0.02
生产线	2	0	2	0	0	0
机器人	2	0	2	0	0	0
其他经营费用						
其他固定费用	1.6	0.15	0.3	0.05	0.1	1
维修保养	0.35	0	0.3	0	0	0.05
合理化	0.3	0	0	0	0	0.3

续表

成本类型\成本发生部门	合　计 （百万元）	采　购	生　产	研究开发	销售库存	管　理
返修/废品	0.47	0	0.47	0	0	0
仓库费用	0	0	0	0	0	0
广告	**1.8**	0	0	0	1.8	0
市场研究	0	0	0	0	0	0
其他研究开发费用	0.2	0	0	0.2	0	0
合　计	**13.12**	**0.47**	**5.3**	**1.03**	**3.66**	**2.64**

（17）E产品的理论和实际市场占有率是指企业一般市场上E产品的理论和实际市场占有率。在仿真系统主界面第6项"显示评价总表"的"市场指标"中可得本周期各行业企业一般市场E产品的理论市场占有率表和实际市场占有率表，见表4-4和表4-5。从这两个表中可得本周期该企业E产品的理论和实际市场占有率分别为4.9%和4.6%，理论大于实际说明缺货，故本周期E产品的价格过低或相对于此价格生产规模仍不够大，故后续周期应注意调整。

表4-4　企业理论市场占有率表

项　目	企　业	周　期							
		1	2	3	4	5	6	7	评分
理论市场占有率 （%） 权数：1	1	3.7	5.8	—	—	—	—	—	0.9
	2	4.6	5.1	—	—	—	—	—	0.9
	3	4.7	3.8	—	—	—	—	—	0.9
	4	5.8	3.6	—	—	—	—	—	0.9
	5	4.6	4.1	—	—	—	—	—	0.9
	6	4.2	5.9	—	—	—	—	—	0.9
	7	4.1	4	—	—	—	—	—	0.8
	8	4.7	4.4	—	—	—	—	—	0.9
	9	4.9	4.2	—	—	—	—	—	0.9
	10	4.5	5.4	—	—	—	—	—	0.9
	11	4.9	4.1	—	—	—	—	—	0.8
	12	4.2	3.7	—	—	—	—	—	0.9
	13	3.5	4.8	—	—	—	—	—	0.9
	14	4.3	4.1	—	—	—	—	—	0.9
	15	4.6	3.8	—	—	—	—	—	0.9
	16	4.4	4.7	—	—	—	—	—	0.9
	17	4.9	4.2	—	—	—	—	—	0.9
	18	4.3	3.8	—	—	—	—	—	0.9
	19	3	5.8	—	—	—	—	—	0.8
	20	4.2	4.3	—	—	—	—	—	0.9
	21	4.8	4.3	—	—	—	—	—	0.9
	22	**5.9**	**4.9**	—	—	—	—	—	1

表 4-5　企业实际市场占有率表

项　目	企　业	周　期							评分
		1	2	3	4	5	6	7	
实际市场占有率 （%） 权数：1	1	3.8	5.7	—	—	—	—	—	0.9
	2	4.7	5.1	—	—	—	—	—	0.9
	3	4.9	3.9	—	—	—	—	—	0.9
	4	4.8	3.7	—	—	—	—	—	0.9
	5	4.7	4.2	—	—	—	—	—	0.9
	6	4.4	5	—	—	—	—	—	0.9
	7	4.2	4.1	—	—	—	—	—	0.9
	8	4.8	4.5	—	—	—	—	—	0.9
	9	5	4.3	—	—	—	—	—	0.9
	10	4.7	4.9	—	—	—	—	—	0.9
	11	5	4.2	—	—	—	—	—	0.9
	12	4.3	3.8	—	—	—	—	—	0.9
	13	3.6	5	—	—	—	—	—	1
	14	4.4	4.2	—	—	—	—	—	0.9
	15	4.7	3.9	—	—	—	—	—	0.9
	16	4.5	4.9	—	—	—	—	—	0.9
	17	5	4.3	—	—	—	—	—	0.9
	18	4.4	3.9	—	—	—	—	—	0.9
	19	3	5.9	—	—	—	—	—	0.8
	20	4.3	4.4	—	—	—	—	—	0.9
	21	4.9	4.4	—	—	—	—	—	0.9
	22	4.7	4.6	—	—	—	—	—	0.9

（18）计划支付股息。本周期计划支付的股息在决策时可以记录下来，如果没有记录，可以从表 4-6 利润分配报告——"股息"栏查看，本周期计划支付股息为 0.8 百万元。

表 4-6　利润分配（第 2 周期）

利润分配	百万元
年终结余/年终亏损	3.99
一前周期亏损结转	0
一本周期利润储备	3.19
=资金平衡利润/资金平衡亏损	0.8
一股息	0.8
=本周期亏损结转	0

（19）总销售收入。从表 4-7 利润和亏损核算报告——"销售收入"栏，可得本周期总的销售收入为 37.49 百万元。

表 4-7 利润和亏损核算（第 2 周期）

	百万元		百万元
销售收入	**37.49**	销售收入	37.49
+/−产品库存变化	0	−销售产品制造成本	20.19
−材料费用	8.06		
−人员费用		−销售费用	3.66
−工资	6.58		
−人员附加费用	3.86	−研究开发费用	1.03
−其他人员费用	0.11		
−折旧	4.2	−管理费用	2.64
−其他经营费用	4.72		
=生产经营成果	**9.94**	=生产经营成果	9.94

（20）生产经营成本。生产经营成本是企业本周期所有售出产品的制造成本加上期间费用总额，期间费用包括销售费用、管理费用及财务费用（主要是利息费用）。在表 4-7 利润和亏损核算报告中可得本周期销售产品的制造成本为 20.19 百万元，销售费用为 3.66 百万元，研究开发费用为 1.03 百万元，管理费用（从该费用的实质看应该称之为"管理部门费用"）为 2.64 百万。从成本会计的角度讲，研发费用和管理部门的费用都归属于期间费用中的管理费用，故有 1.03+2.64＝3.67（百万元）。财务费用主要是指本周期的利息费用，要结合本周期的资产负债表核算。从表 4-8 资产负债表可得该企业共有两种贷款，分别是长期贷款 6 百万和中期贷款 13 百万，其中，长期贷款的利率为 8.2%，中期贷款的利率要与自有资金（权益）进行比较，权益一倍以内的部分利率为 9%，一倍到两倍间的部分利率为 11%，两倍以外的部分利率为 13%，而自有资金为 4+1+6.54+3.99＝15.53（百万元），大于中期贷款。所以，本周期的利息费用为

$$6×8.2\%+13×9\%=1.66（百万元）$$

故本周期的生产经营成本为

$$20.19+3.66+3.67+1.66=29.18（百万元）$$

表 4-8 资产负债表（第 2 周期）

资产（百万元）		负债（百万元）	
固定资产		自有资金	
实物		注册资金	4
地产和厂房	3.6	资金储备	1
设备和生产设施	21.6	利润储备	6.54
流动资产		前周期亏损结转	0
库存		年终结余/年终亏损	3.99
原材料和附件	0.07	债务	
成品	0	贷款	
债权	7.49	长期贷款	6
有价证券	0	中期贷款	13
现金	1.76	透支贷款	0
资产合计	**34.53**	负债合计	34.53

（21）息税前利润和税前利润。息税前利润＝税前利润＋利息费用，从表 4-9 税后利润报告中，可得税前利润（税前经营成果）为 6.65 百万元，利息费用（上周期）为 3.29 百万元，故息税前利润为

$$6.65＋3.29＝9.94（百万元）$$

这里需要要注意的是，因仿真系统在核算税前利润时，减去的是上周期的利息费用，这样的处理方式是不符合财务规范的，违背了责权发生制的原则，故本周期实际的税前利润应进行修正，它等于本周期的息税前利润－本周期利息费用，故为

$$9.94－1.66＝8.28（百万元）（比 6.65 百万元大）$$

表 4-9　税后利润（第 2 周期）

	（百万元）
生产经营成果	9.94
＋有价证券收入	0
－利息费用和其他费用	3.29
＝一般经营成果	6.65
＋特别收入	0
－特别费用	0
＝税前经营成果	6.65
－税收	2.66
＝年终结余/年终亏损	3.99

（22）未分配利润总额。未分配利润总额是企业累计税后利润减累计支付股息，可以从仿真系统主界面第 6 项"显示评价总表"——财务指标——"总的盈亏累计"指标中读取，从表 4-10 行业企业总的盈亏累计表可得，本周期企业的未分配利润总额为 9.73 百万元。

表 4-10　行业企业总的盈亏累计表

项　目	企　业	周　期							评分
		1	2	3	4	5	6	7	
总的盈亏累计 （百万元） 权数：40	1	6.08	9.48	—	—	—	—	—	—
	2	7.08	10.25	—	—	—	—	—	—
	3	7.66	10.37	—	—	—	—	—	—
	4	6.29	8.55	—	—	—	—	—	—
	5	7.13	9.39	—	—	—	—	—	—
	6	7.02	9.9	—	—	—	—	—	—
	7	6.78	9.07	—	—	—	—	—	—
	8	7.28	10.6	—	—	—	—	—	—
	9	7.41	10.81	—	—	—	—	—	—
	10	7.28	10.95	—	—	—	—	—	—
	11	7.38	10.52	—	—	—	—	—	—
	12	6.8	8.92	—	—	—	—	—	—

续表

项 目	企 业	周 期							
		1	2	3	4	5	6	7	评分
	13	6.38	6.9	—	—	—	—	—	—
	14	6.81	9.42	—	—	—	—	—	—
	15	6.65	8.88	—	—	—	—	—	—
	16	6.92	10.66	—	—	—	—	—	—
总的盈亏累计	17	7.58	10.88	—	—	—	—	—	—
（百万元）	18	6.88	9.23	—	—	—	—	—	—
权数：40	19	5.76	8.92	—	—	—	—	—	—
	20	6.94	9.36	—	—	—	—	—	—
	21	6.85	9.25	—	—	—	—	—	—
	22	6.54	9.73	—	—	—	—	—	—

（23）总资产。从表 4-8 资产负债表可得企业第 2 周期末总资产为 34.53 百万元。

2. 设备与生产人员负荷指标的读取与分析

（1）生产线条数、能力和负载率。从表 4-1 市场生产数据报告——生产报告 I—III 中可得，企业生产线条数为 5 条，实际生产能力就是生产线负载率 100%的生产能力，为 39 715 单位，所需生产能力就是按生产计划计算所需的能力，为 39 715 单位，故生产线的负载率为 100%。

（2）自然人生产人员及负载率。自然人生产人员是企业拥有的除机器人以外的生产人员。从表 4-1 市场生产数据报告——人员报告 I 可得，本周期企业自然人生产人员为 109人，所需生产人员是根据生产计划计算的人员减去机器人，即

$$所需生产人员 = \frac{36115}{250} + \frac{4000}{280} - 50 = 108.75 （人），故$$

人员负载率为 $\frac{108.75}{109} \times 100\% = 99.8\%$，表中为 99.9%，有一定误差。

（3）科研人员数量。从表 4-1 市场生产数据报告——人员报告 I 可得，科研人员为8 人。

3. 库存指标的读取与分析

（1）原材料和附件库存量。从表 4-1 市场生产数据报告——仓库报告 I 和仓库报告 III可得，原材料库存量为 0，附件库存量为 561 单位。因本周期扩大生产规模，原材料库存量不够，故只补充采购了 840 单位。

（2）E 产品库存及其行业平均库存。从表 4-1 市场生产数据报告——仓库报告 II 可得，E 产品的库存为 0。上文已经分析因本周期 E 的定价过低导致缺货，所以，库存肯定为 0。从"显示评价总表"—"生产指标"—"累计产品库存"可计算行业的平均库存量，如表 4-11 企业累计产品库存表，可得行业平均库存为 6112.5 台，所以，本企业下一周期不存在库存压力。

表 4-11　企业累计产品库存表

项目	企业	周期							评分
		1	2	3	4	5	6	7	
累积产品库存（台）权数：1	1	10 929	0	—	—	—	—	—	
	2	4 023	0	—	—	—	—	—	
	3	1 888	9 432	—	—	—	—	—	
	4	0	8 819	—	—	—	—	—	
	5	3 541	7 917	—	—	—	—	—	
	6	6 297	0	—	—	—	—	—	
	7	7 916	12 406	—	—	—	—	—	
	8	2 061	2 957	—	—	—	—	—	
	9	835	4 217	—	—	—	—	—	
	10	3 991	0	—	—	—	—	—	
	11	1 737	6 047	—	—	—	—	—	
	12	6 467	14 816	—	—	—	—	—	
	13	12 178	9 520	—	—	—	—	—	
	14	6 079	10 431	—	—	—	—	—	
	15	3 255	10 689	—	—	—	—	—	
	16	5 005	3 107	—	—	—	—	—	
	17	715	4 354	—	—	—	—	—	
	18	5 892	13 143	—	—	—	—	—	
	19	15 826	2 935	—	—	—	—	—	
	20	6 330	8 288	—	—	—	—	—	
	21	2 758	5 397	—	—	—	—	—	
	22	0	0	—	—	—	—	—	
行业平均库存		4 896.5	6 112.5						

4. 成本的核算与分析

（1）E 产品的单位制造成本（加权）。从表 4-1 市场生产数据报告——仓库报告 II 中可得，本周期 E 产品加权单位制造成本为该表中"消耗"行的单位制造成本，为 520.11元/台，因 E 产品期初库存为 0，故 E 产品加权单位制造成本与本周期生产的 E 产品单位制造成本一致，否则，一般不会相同。

（2）E 产品的单位变动成本。根据单位 E 产品的生产需要原材料 1 单位、附件 1 单位、30 元辅助生产材料和 1/250 名生产人员的消耗指标，结合本周期原材料和人员成本费用，可得

E 产品的单位变动成本＝单位原材料成本＋单位附件成本＋单位产品生产消耗的人工成本
$$＝56.3＋127.6＋30＋30\,000×（1＋8\%）×（1＋80\%）/250$$
$$＝447.18（元/台）$$

故 E 产品的最低定价为 447.18 元/台。

其中，单位原材料成本及单位附件成本可从表 4-1 中的"仓库报告 I"和"仓库报告 III"中得到；30 000 元是生产人员在第 0 周期总额；8%是本周期相对于 0 周期的涨幅（从表 3-1 可得）；80%是生产人员福利费用占工资的比例；250 是一个生产人员一周期生产 E

产品的数量。

（3）E 产品的单位成本。在表 4-12 成本承担单元核算报告中，"产品成本"行与"一般市场"列相交的数据即为本周期一般市场 E 产品的总成本，故本周期为 25.62 百万元，除以本周期 E 产品的产量，即可得 E 产品的单位成本为

$$\frac{25.62 \times 10^6}{36115} = 709.40（元/台）$$

与本周期的价格 928.8 元/台相比，单位利润和单位贡献毛利如下。

单位利润＝928.8－709.40＝219.4（元），

单位贡献毛利＝928.8－447.18＝481.62（元）。

表 4-12　成本承担单元核算　（第 2 周期）

成本\成本承担单元	合　计（百万元）	一般产品一般市场	一般产品附加市场 I	特殊产品附加市场 II
原材料	2.26	2.03	0	0.22
＋附件	4.6	4.6	0	0
＋生产材料	1.19	1.08	0	0.11
＝材料直接费用	8.06	7.72	0	0.33
＋材料间接费用	0.47	0.45	0	0.01
＝材料成本	**8.53**	**8.17**	**0**	**0.35**
加工直接费用	6.35	5.78	0	0.57
＋加工间接费用	5.3	4.82	0	0.48
＝加工成本	**11.66**	**10.6**	**0**	**1.05**
＝制造成本	**20.19**	**18.78**	**0**	**1.41**
＋研究开发费用	1.03	0.96	0	0.07
＋销售费用	3.66	3.41	0	0.25
＋管理费用	2.64	2.46	0	0.18
＝产品成本	**27.55**	25.62	**0**	**1.92**
销售收入	37.49	33.54	0	3.95
＋/－产品库存变化	0	0	0	0
＝总的经营收入	**37.49**	**33.54**	**0**	**3.95**
生产经营成果	**9.94**	**7.92**		**2.02**

5. 偿债能力指标核算与分析

（1）贷款、利息费用和资产负债率。从表 4-8 资产负债表可得该企业共有两种贷款，分别是长期贷款 6 百万元和中期贷款 13 百万元，透支贷款为 0，其中长期贷款的利率为 8.2%，中期贷款的利率要与自有资金（权益）进行比较，权益一倍以内的部分利率为 9%，一倍到两倍间的部分利率为 13%，两倍以外的部分利率为 13%，而自有资金为 4＋1＋6.54＋3.99＝15.53（百万元），大于中期贷款。所以，本周期的利息费用为

$$6 \times 8.2\% + 13 \times 9\% = 1.66（百万元）$$

要注意的是在表 4-9 税后利润报告和表 4-13 财务报告中都有"利息费用"，这个利息费用是上周期的利息费用，而非本周期的。

表4-13　财务报告（第2周期）

本周期财务报告（百万元）			
期初现金		1.24	
现金收入	本周期（百万元）	现金支出	本周期（百万元）
本周期产品销售收入	29.99	材料费用	1.28
＋前周期产品销售收入	7.34	＋人员费用	10.56
		＋其他经营费用	4.72
＋有价证券	0	＋中期和透支贷款归还	27
＋利息收入	0	＋利息费用	3.29
		＋购买机器人	0
＋特别收入	0	＋购买生产线和厂房	0
＋生产线变卖收入	0	＋购买有价证券	0
		＋税收	2.66
＋中期贷款	13	＋股息支付（前周期）	0.3
＋透支贷款	0	＋特别费用	0
＝现金收入合计	50.34	＝现金支出合计	49.82
期末现金		1.76	

资产负债率可以从表4-8资产负债表中核算得到，其核算公式如下：

$$资产负债率＝\frac{负债总额}{资产总额}×100\%＝\frac{6+13}{34.53}×100\%≈55.02\%$$

（2）利息保障倍数。利息保障倍数反映的是企业支付利息的能力和企业举债经营的基本条件，其公式为

$$利息保障倍数＝\frac{息税前利润}{利息费用}$$

从上文可得本周期息税前利润为9.94百万元，周期利息为1.66百万元，故

$$利息保障倍数＝\frac{9.94}{1.66}＝5.99$$，故企业付息能力良好。

（3）流动比率与速动比率。流动比率和速动比率是衡量企业短期偿债能力的主要指标，国际上流动比率的标准为2，速动比率的标准为1，它们的公式分别为

$$流动比率＝\frac{流动资产}{流动负债}$$

$$速动比率＝\frac{速动资产}{流动负债}＝\frac{流动资产－存货}{流动负债}$$

根据流动负债的含义，流动负债对应资产负债表（表4-8）中的中期贷款（13百万元）和透支贷款（0），从表4-8资产负债表中可得知流动资产为0.07＋0＋7.49＋0＋1.76＝9.32（百万元），存货包括原材料和附件存货及成品存货，本周期存货为0.07＋0＝0.07（百万元），故可得

$$流动比率 = \frac{9.32}{13} = 0.72 < 2,$$

$$速动比率 = \frac{9.32 - 0.07}{13} = 0.71 < 1。$$

故该企业短期偿债能力较差。

6. 赢利能力分析

赢利能力分析的指标有很多,本书结合仿真系统和模拟企业的特点,选择性地采用了两个指标:总资产报酬率和净资产报酬率。

(1)总资产报酬率,又称总资产利润率,反映的是企业全部资产获取收益的水平,全面反映了企业的获利能力和投入产出状况,其公式为

$$总资产报酬率 = \frac{息税前利润}{平均资产总额} \times 100\%$$

$$平均资产总额 = \frac{资产总额年初数 + 资产总额年末数}{2}$$

上文已经得出本周期的息税前利润为 9.94 百万元,资产总额年初数即为第 1 周期末总资产数量,资产总额年末数即为第 2 周期末总资产数量,从该企业第 1 周期和第 2 周的资产负债表(表 3-11 和表 4-8)可以得到资产总额分别为 44.84 百万元和 34.53 百万元,则

$$总资产报酬率 = \frac{9.94}{(44.84 + 34.53)/2} \times 100\% = 25.05\%。$$

该值大于中期贷款的最高利率 13%,故该企业可以利用财务杠杆,进行举债经营。

(2)净资产报酬率,又称净资产利润率,反映企业净资产(所有者权益)的赢利能力。其公式为

$$净资产报酬率 = \frac{净利润}{所有者权益平均余额} \times 100\%$$

$$净资产平均值 = \frac{期初所有者权益余额 + 期末所有者权益余额}{2}$$

从表 4-9 税后利润报告可得本周期净利润为 3.99 百万元,所有者权益对应资产负债中的自有资金,期初余额就是第 1 周期末的自有资金,末期余额就是第 2 周期末的自有资金。从第 1 周期的资产负债表(表 3-11)可得,期初的所有者权益余额为

$$4 + 1 + 3.94 + 2.9 = 11.84(百万元)$$

从第 2 周期的资产负债表(表 4-8)可得,期末的所有者权益余额为

$$4 + 1 + 6.54 + 3.99 = 15.53(百万元)$$

$$故净资产报酬率 = \frac{3.99}{(11.84 + 15.53)/2} \times 100\% = 29.16\%。$$ 说明该企业赢利能力较强。

要注意的是公式中的净利润和期初期末所有者权益仍然采用系统给出的数据,即核算时减去的是上周期的利息费用,这样符合责权发生制的原则。从严格意义上来讲,必须对净利润和所有者权益进行修正,我们这里只要知道其缘由即可。

巩固练习8

下面是 22 号企业第 3 周期的经营业绩报告及部分评价总表的指标，请你据此填写实训报告表。

市场生产数据报告（第 3 周期）

市场报告				仓库报告Ⅰ：原材料			
	一般市场	附加市场			量（台）	价值	
		Ⅰ	Ⅱ			（元/台）	（百万元）
价格（元/台）	958.9	0	948	期初库存	0	0	0
销售量（台）	34 000	0	4 500	＋增加	83 900	67.2	5.63
销售额（百万元）	32.6	0	4.26	－消耗	41 855	67.2	2.81
市场占有率（%）	4.3			＝期末库存	42 045	67.2	2.82
产品质量评价	3						

仓库报告Ⅱ：一般产品				仓库报告Ⅲ：附件			
	量（台）	制造成本（元/台）	库存价值（百万元）		量（台）	价值	
						（元/台）	（百万元）
期初库存	0	0	0	期初库存	561	127.6	0.07
＋增加	37 355	567.25	21.18	＋增加	75 000	158.2	11.86
－消耗	34 000	567.25	19.28	－消耗	37 355	157.9	5.9
＝期末库存	3 355	567.25	1.9	＝期末库存	38 206	157.9	6.03

人员报告Ⅰ			人员报告Ⅱ		
	生产部门	研究开发部门	部门	人员（人）	
期初人员	109	8	销售	46	
＋招聘	11	0	采购	5	
－辞退	0	0	管理	25	
－流动	4	—	管理的合理化系数	1.3	
＝期末人员	116	8			

生产报告Ⅰ			生产报告Ⅱ		
	生产线（条）	机器人（个）	加工（台）	设备要求（单位）	人员要求（人）
前周期	5	50	一般产品	37 355	37 355	99.4
＋投资	0	0	特殊产品	4 500	4 050	16
－变卖	0	—	合计	41 855	41 405	116
本周期	5	50	负载率（%）	—	100	99.7

生产报告Ⅲ	
生产线的合理化系数	1.3
生产线维修保养系数	0.98
生产线负载率 100%时的生产能力	41 405

产品成本类型核算报告（第3周期）

成本类型	百万元	成本类型说明
材料费用		
原材料	2.81	直接成本
附件	5.9	直接成本
生产材料	1.24	直接成本
人员费用		
工资费用	6.93	其中，直接成本 3.82
人员附加费用	4.12	其中，直接成本 3.06
招聘/辞退费用	0.11	间接成本
折旧费用		
厂房	0.2	间接成本
生产线	2	间接成本
机器人	2	间接成本
其他经营费用		
其他固定费用	1.6	间接成本
维修保养	0.55	间接成本
合理化	0.3	间接成本
返修/废品	0.49	间接成本
库存费用	0.08	间接成本
广告费用	2	间接成本
市场研究	0	间接成本
其他研究开发费用	0.2	间接成本
合　计	**30.55**	

成本发生部门核算（第3周期）

成本类型\成本发生部门	合　计（百万元）	采　购	生　产	研究开发	销售库存	管　理
人员费用						
工资	3.1	0.16	0	0.44	1.78	0.72
人员附加费用	1.06	0.13	0	0.35	0	0.57
招聘/辞退	0.11	0	0.11	0	0	0
折旧费用						
厂房	0.2	0.03	0.12	0.01	0.02	0.02
生产线	2	0	2	0	0	0
机器人	2	0	2	0	0	0
其他经营费用						
其他固定费用	1.6	0.15	0.3	0.05	0.1	1
维修保养	0.55	0	0.5	0	0	0.05
合理化	0.3	0	0	0	0	0.3
返修/废品	0.49	0	0.49	0	0	0
仓库费用	0.08	0	0	0	0.08	0
广告	2	0	0	0	2	0

续表

成本类型\成本发生部门	合 计 （百万元）	采 购	生 产	研究开发	销售库存	管 理
市场研究	0	0	0	0	0	0
其他研究开发费用	0.2	0	0	0.2	0	0
合 计	**13.7**	**0.47**	**5.52**	**1.05**	**3.98**	**2.66**

成本承担单元核算（第3周期）

成本\成本承担单元	合 计 （百万元）	一般产品 一般市场	一般产品 附加市场Ⅰ	特殊产品 附加市场Ⅱ
原材料	2.81	2.51	0	0.3
＋附件	5.9	5.9	0	0
＋生产材料	1.24	1.12	0	0.12
＝材料直接费用	9.96	9.53	0	0.42
＋材料间接费用	0.47	0.45	0	0.02
＝材料成本	**10.43**	**9.98**	**0**	**0.44**
加工直接费用	6.89	6.21	0	0.67
＋加工间接费用	5.52	4.98	0	0.54
＝加工成本	**12.41**	**11.2**	**0**	**1.21**
＝制造成本	**22.85**	**21.18**	**0**	**1.66**
＋研究开发费用	1.05	0.97	0	0.07
＋销售费用	3.98	3.69	0	0.28
＋管理费用	2.66	2.47	0	0.19
＝产品成本	**30.55**	**28.33**	**0**	**2.22**
销售收入	36.86	32.6	0	4.26
＋/－产品库存变化	1.9	1.9	0	0
＝总的经营收入	**38.77**	**34.5**	**0**	**4.26**
生产经营成果	**8.21**	**6.17**	**0**	**2.04**

利润和亏损核算（第3周期）

	（百万元）		（百万元）
销售收入	**36.86**	销售收入	**36.86**
＋/－产品库存变化	1.9	一销售产品制造成本	20.95
一材料费用	9.96		
一人员费用			
一工资	6.93	一销售费用	3.98
一人员附加费用	4.12	一研究开发费用	1.05
一其他人员费用	0.11		
一折旧	4.2	一管理费用	2.66
一其他经营费用	5.22		
＝生产经营成果	**8.21**	＝生产经营成果	**8.21**

税后利润（第3周期）

	（百万元）
生产经营成果	**8.21**
＋有价证券收入	0
－利息费用和其他费用	1.66
＝一般经营成果	**6.55**
＋特别收入	0
－特别费用	0
＝税前经营成果	**6.55**
－税收	2.62
＝年终结余/年终亏损	**3.93**

利润分配（第3周期）

利润分配	（百万元）
年终结余/年终亏损	**3.93**
－前周期亏损结转	0
－本周期利润储备	2.93
＝资金平衡利润/资金平衡亏损	**1**
－股息	1
＝本周期亏损结转	**0**

财务报告（第3周期）

本周期财务报告（百万元）			
期初现金	**1.76**		
现金收入	本周期（百万元）	现金支出	本周期（百万元）
本周期产品销售收入	29.49	材料费用	18.74
＋前周期产品销售收入	7.49	＋人员费用	11.16
		＋其他经营费用	5.22
＋有价证券	0	＋中期和透支贷款归还	13
＋利息收入	0	＋利息费用	1.66
		＋购买机器人	0
＋特别收入	0	＋购买生产线和厂房	0
＋生产线变卖收入	0	＋购买有价证券	0
		＋税收	2.62
＋中期贷款	13	＋股息支付（前周期）	0.8
＋透支贷款	1.57	＋特别费用	0
＝现金收入合计	51.56	＝现金支出合计	53.22
期末现金	**0.1**		

资产负债表（第3周期）

资产（百万元）		负债（百万元）	
固定资产		自有资金	
实物		注册资金	4
地产和厂房	3.4	资金储备	1
设备和生产设施	17.6	利润储备	9.73
流动资产		前周期亏损结转	0
库存		年终结余/年终亏损	3.93
原材料和附件	8.86	债务	
成品	1.9	贷款	
债权	7.37	长期贷款	6
有价证券	0	中期贷款	13
现金	0.1	透支贷款	1.57
资产合计	**39.24**	负债合计	**39.24**

行业企业的理论市场占有率表

项目	企业	周期							
		1	2	3	4	5	6	7	评分
理论市场占有率（%）权数：1	1	3.7	5.8	4.6	—	—	—	—	—
	2	4.6	5.1	4	—	—	—	—	—
	3	4.7	3.8	4.5	—	—	—	—	—
	4	5.8	3.6	4.3	—	—	—	—	—
	5	4.6	4.1	4.6	—	—	—	—	—
	6	4.2	5.9	4	—	—	—	—	—
	7	4.1	4	3.7	—	—	—	—	—
	8	4.7	4.4	4.5	—	—	—	—	—
	9	4.9	4.2	4.5	—	—	—	—	—
	10	4.5	5.4	4.3	—	—	—	—	—
	11	4.9	4.1	4.2	—	—	—	—	—
	12	4.2	3.7	4.7	—	—	—	—	—
	13	3.5	4.8	4.9	—	—	—	—	—
	14	4.3	4.1	5	—	—	—	—	—
	15	4.6	3.8	5	—	—	—	—	—
	16	4.4	4.7	5	—	—	—	—	—
	17	4.9	4.2	4.6	—	—	—	—	—
	18	4.3	3.8	5.6	—	—	—	—	—
	19	3	5.8	4.9	—	—	—	—	—
	20	4.2	4.3	3.7	—	—	—	—	—
	21	4.8	4.3	4	—	—	—	—	—
	22	5.9	4.9	4.2					

行业企业的实际市场占有率表

项　目	企　业	周　期							
		1	2	3	4	5	6	7	评分
实际市场占有率 （%） 权数：1	1	3.8	5.7	4.2	—	—	—	—	—
	2	4.7	5.1	4.1	—	—	—	—	—
	3	4.9	3.9	4.6	—	—	—	—	—
	4	4.8	3.7	4.4	—	—	—	—	—
	5	4.7	4.2	4.7	—	—	—	—	—
	6	4.4	5	4.1	—	—	—	—	—
	7	4.2	4.1	3.8	—	—	—	—	—
	8	4.8	4.5	4.6	—	—	—	—	—
	9	5	4.3	4.6	—	—	—	—	—
	10	4.7	4.9	4.3	—	—	—	—	—
	11	5	4.2	4.3	—	—	—	—	—
	12	4.3	3.8	4.8	—	—	—	—	—
	13	3.6	5	5	—	—	—	—	—
	14	4.4	4.2	5.1	—	—	—	—	—
	15	4.7	3.9	5.1	—	—	—	—	—
	16	4.5	4.9	4.4	—	—	—	—	—
	17	5	4.3	4.6	—	—	—	—	—
	18	4.4	3.9	5.5	—	—	—	—	—
	19	3	5.9	4.4	—	—	—	—	—
	20	4.3	4.4	3.8	—	—	—	—	—
	21	4.9	4.4	4.1	—	—	—	—	—
	22	4.7	4.6	4.3	—	—	—	—	—

行业企业的总的盈亏累计表

项　目	企　业	周　期							
		1	2	3	4	5	6	7	评分
总的盈亏累计 （百万元） 权数：40	1	6.08	9.48	12.28	—	—	—	—	—
	2	7.08	10.25	13.25	—	—	—	—	—
	3	7.66	10.37	14.22	—	—	—	—	—
	4	6.29	8.55	11.67	—	—	—	—	—
	5	7.13	9.39	12.55	—	—	—	—	—
	6	7.02	9.9	12.44	—	—	—	—	—
	7	6.78	9.07	11.42	—	—	—	—	—
	8	7.28	10.6	14.59	—	—	—	—	—
	9	7.41	10.81	15.03	—	—	—	—	—
	10	7.28	10.95	14.35	—	—	—	—	—
	11	7.38	10.52	14.35	—	—	—	—	—
	12	6.8	8.92	12.59	—	—	—	—	—

续表

项 目	企 业	周 期							
		1	2	3	4	5	6	7	评分
	13	6.38	6.9	7.47	—	—	—	—	—
	14	6.81	9.42	13.53	—	—	—	—	—
	15	6.65	8.88	13	—	—	—	—	—
	16	6.92	10.66	13.88	—	—	—	—	—
总的盈亏累计	17	7.58	10.88	15.24	—	—	—	—	—
（百万元）	18	6.88	9.23	13.14	—	—	—	—	—
权数：40	19	5.76	8.92	12.24	—	—	—	—	—
	20	6.94	9.36	11.75	—	—	—	—	—
	21	6.85	9.25	10.01	—	—	—	—	—
	22	6.54	9.73	12.66	—	—	—	—	—

行业企业的累计库存表

项 目	企 业	周 期							
		1	2	3	4	5	6	7	评分
	1	10 929	0	0	—	—	—	—	—
	2	4 023	0	2 428	—	—	—	—	—
	3	1 888	9 432	6 477	—	—	—	—	—
	4	0	8 819	8 260	—	—	—	—	—
	5	3 541	7 917	4 162	—	—	—	—	—
	6	6 297	0	2 176	—	—	—	—	—
	7	7 916	12 406	17 101	—	—	—	—	—
	8	2 061	2 957	164	—	—	—	—	—
	9	835	4 217	1 211	—	—	—	—	—
累积产品库	10	3 991	0	0	—	—	—	—	—
存	11	1 737	6 047	5 181	—	—	—	—	—
（台）	12	6 467	14 816	9 859	—	—	—	—	—
权数：1	13	12 178	9 520	3 850	—	—	—	—	—
	14	6 079	10 431	2 710	—	—	—	—	—
	15	3 255	10 689	2 256	—	—	—	—	—
	16	5 005	3 107	0	—	—	—	—	—
	17	715	4 354	0	—	—	—	—	—
	18	5 892	13 143	0	—	—	—	—	—
	19	15 826	2 935	0	—	—	—	—	—
	20	6 330	8 288	13 263	—	—	—	—	—
	21	2 758	5 397	8 145	—	—	—	—	—
	22	0	0	3 355	—	—	—	—	—

第___周期经营业绩报告

本周期经营决策数据及业绩指标（注意指明各指标单位）					
一般市场产品价格		销售人员雇佣数		产品质量等级	
广告费用		E产品计划产量		E产品实际产量	
E产品的销售额及销量		原材料购买量		附件购买量	
产品改进费用		订单产品类型数量及价格		生产线投资或变卖数	
维修保养费用及系数		生产合理化投资及系数		生产人员招收或辞退数	
机器人数量		社会福利费用（%）		管理合理化投资额	
E产品的理论市场占有率		E产品的实际市场占有率		计划支付股息	
总销售收入		生产经营成本		息税前利润	
税前利润		未分配利润总额		总资产	

设备、生产人员的负荷状况							
生产线条数		实际生产能力（A）（生产线100%负荷时的能力）		所需生产能力（B）（按生产计划计算的能力）		生产线负载率（B/A）	
自然人生产人员（C）		所需生产人员（D）（按生产计划计算的人员减去机器人个数）		生产人员负载率（D/C）		科研人员数量	

库存、成本及相关财务指标状况							
原材料库存量		附件库存量			E产品库存		
E产品的行业平均库存		E产品的单位制造成本（加权）			E产品的单位变动成本		
一般市场E产品的单位成本		本周期利息费用			已获利息倍数		
中期贷款		透支贷款			资产负债率		
总资产报酬率		净资产报酬率		流动比率		速动比率	

注：上述指标中加下画线的表示在预算时就可以填写的，其余在系统仿真决算后填写。

第二节 企业经营状况与行业的对照分析

在对企业经营报表进行总体分析后，企业明确了自身的经营情况，为了能使企业的经营策略更具针对性和有效性，企业还需要了解行业中竞争对手的经营策略和经营情况，并进行相应的预测，以不断提升决策的有效性。这就要求企业决策者把本企业的经营情况与行业（市场平均及个别竞争企业）进行对照分析，对照分析的主要数据来源于仿真系统主界面第6项的"显示评价总表"。本节仍以22号企业为例，进行该企业与行业第6周期的对照分析。

一、市场指标的对照分析

市场指标的对照分析主要集中于市场价格、广告费用、销售人员数量、一般市场销售量和销售额及一般市场理论与实际市场占有率等指标。

1. 一般市场价格对照分析

从表4-14企业一般市场价格表可以得出，本企业第6周期的价格为918.8元/台，市场平均价格为890.80元/台。回顾第3章中第2周期的决策可知，本企业采用的是大规模、低价格、低质量战略，但实际情况是本企业价格高于行业平均价格，低价格没有实现，所以，在其他促销手段力度不强的情况下，很可能导致高库存。

表4-14 企业一般市场价格表

项 目	企 业	周 期							
		1	2	3	4	5	6	7	评分
	1	1 109.9	910.9	939.9	989.9	799.9	966.9	—	0.8
	2	1 039.1	958.9	999.8	875.9	870.9	909.8	—	0.8
	3	1 010	1 038	955	853	866	900	—	0.8
	4	950	1 045	963.88	845.9	809.9	849.9	—	0.9
	5	1 025	1 015.9	955.9	848.8	868.8	948.9	—	0.8
	6	1 050	889.9	986.9	849.9	890	925	—	0.8
	7	1 070	1 000	1 000	870	830	900	—	0.8
一般市场价格	8	1 010	980	950	879.9	859.9	915.9	—	0.8
（元/台）	9	1 010	1 000	950.5	875.99	899.99	917.89	—	0.8
权数：1	10	1 035.9	920	960.9	855.5	912.9	**849.5**	—	0.9
	11	999	1 001	938	848.99	949.99	868.88	—	0.8
	12	1 055	1 043	935.5	900.9	833.3	858.8	—	0.8
	13	1 100	965	935	855	873.9	830	—	0.8
	14	1 060	1 010	928.9	890	878.9	930	—	0.8
	15	1 030	1 040	919.9	888.8	860	888.8	—	0.8
	16	1 040	965	910	889.9	868.9	850.8	—	0.9
	17	1 000	1 000	920	899.9	880	870	—	0.8

续表

项 目	企 业	周 期							评分
		1	2	3	4	5	6	7	
一般市场价格（元/台）权数：1	18	1 050	1 035	889.9	925	860	855	—	0.8
	19	11·18	905.9	919.9	880	1 000	920	—	0.8
	20	1 050	990	999	890	835	**845**	—	0.8
	21	9 98.5	980.9	980	865.9	832.5	877.8	—	0.9
	22	**928.8**	**928.8**	**958.9**	**828**	**798**	**918.8**	—	1
市场平均价格		**1033.60**	**982.87**	**949.90**	**877.60**	**867.22**	**890.80**		

2. 广告费用对照分析

从表 4-15 企业广告费用表可以得出，本企业第 6 周期的广告费用为 2 百万元小于市场平均广告费用 2.06 百万元，所以，广告力度比平均水平要小，在价格大于行业平均水平的情况下，更可能导致高库存。

表 4-15 企业广告费用表

项 目	企 业	周 期							评分
		1	2	3	4	5	6	7	
广告费用（百万元）权数：1	1	2.4	2.3	1.82	2.5	2	2	—	0.9
	2	2.21	2.41	2.3	2.2	2.2	2.2	—	1
	3	1.5	2	2	2.1	2.5	2.5	—	0.9
	4	1.56	1.8	1.7	1.92	2	2.2	—	0.8
	5	2	2.1	2.21	2.3	2.12	2.21	—	0.9
	6	1.86	1.9	2	1.8	1.9	2	—	0.8
	7	2	1.8	1.9	2.2	2.3	2.3	—	0.9
	8	1.8	1.85	1.9	2	2	2	—	0.8
	9	1.9	1.9	2	2.1	2.2	2.1	—	0.9
	10	2	1.8	1.8	1.5	1.85	**1.9**	—	0.8
	11	1.5	1.6	1	1.75	2.4	2.1	—	0.7
	12	1.89	1.9	1.88	2.1	2.2	1.89	—	0.9
	13	1.5	2.2	2.2	2.3	2.2	2.2	—	0.9
	14	2	2	2.1	2.2	2.1	2	—	0.9
	15	2	2.1	2.2	2.3	2.2	2.4	—	0.9
	16	2	1.88	1.9	1.9	2.1	2.2	—	0.9
	17	1.8	1.8	1	2	2	1.8	—	0.7
	18	1.89	2	2.5	1.89	2	1.89	—	0.9
	19	1	2.6	1.9	2	2	1.5	—	0.8
	20	2	2	2	2.2	2.2	**2.2**	—	0.9
	21	1.5	1.8	2.1	2.2	2.2	1.7	—	0.8
	22	**1.8**	**1.8**	**2**	**2.1**	**1.8**	**2**	—	0.8
平均广告费用		**1.82**	**1.98**	**1.93**	**2.07**	**2.11**	**2.06**		

3. 销售人员数量对照分析

从表 4-16 企业销售人员数量表可以得出，本企业第 6 周期的销售人员数量为 46 人，小于行业平均的 47.6 人，所以，人员销售力度小于行业平均水平，在价格大于行业平均水平的情况下，更可能导致高库存。

表 4-16　企业销售人员数量表

项　目	企　业	周　期							评分
		1	2	3	4	5	6	7	
销售人员数量 （个） 权数：1	1	48	50	45	47	47	50	—	0.9
	2	45	52	48	48	52	47	—	0.9
	3	45	45	48	48	50	51	—	0.9
	4	45	45	47	45	45	45	—	0.9
	5	40	48	50	55	48	50	—	0.9
	6	43	48	44	45	45	46	—	0.9
	7	45	40	40	40	52	52	—	0.9
	8	40	45	45	45	45	45	—	0.9
	9	45	45	45	49	49	50	—	0.9
	10	45	47	45	47	47	**52**	—	0.9
	11	45	45	40	45	48	40	—	0.9
	12	45	45	55	55	45	45	—	0.9
	13	44	48	50	50	48	53	—	0.9
	14	50	45	50	47	50	50	—	0.9
	15	45	46	52	50	49	55	—	1
	16	42	48	45	48	48	50	—	0.9
	17	40	45	50	45	45	45	—	0.9
	18	45	45	48	40	45	45	—	0.9
	19	40	47	45	45	40	40	—	0.9
	20	40	40	40	40	40	**45**	—	0.9
	21	40	40	40	45	46	45	—	0.9
	22	**45**	**46**	**46**	**51**	**53**	**46**	—	0.9
平均销售人员数量		43.7	45.7	45.8	46.6	47.6	47.6		

4. 一般市场销售量对照分析

从表 4-17 企业一般市场销售量表可得，本企业第 6 周期一般市场销售量为 29 846 台，远小于行业平均的 34 499 台，这是由于本周期企业高价格、低广告费用和低销售人员导致的结果。

表 4-17　企业一般市场销售量表

项 目	企 业	周 期							评分
		1	2	3	4	5	6	7	
一般市场 销售量 （台） 权数：1	1	23 091	45 354	33 975	23 158	40 842	26 540	—	0.9
	2	29 997	38 448	31 547	35 223	32 651	32 762	—	0.9
	3	32 132	26 881	36 930	38 376	33 664	35 722	—	0.9
	4	34 020	25 606	34 534	38 207	37 553	34 505	—	0.9
	5	30 479	30 049	37 730	38 587	32 187	28 652	—	0.9
	6	27 723	40 722	31 799	36 601	28 911	30 373	—	0.9
	7	26 104	29 935	29 280	34 391	38 152	35 054	—	0.9
	8	31 959	33 529	36 768	34 273	32 602	31 275	—	0.9
	9	33 185	31 043	36 981	34 464	28 882	32 086	—	0.9
	10	30 029	38 416	33 975	34 425	26 718	**40 862**	—	0.9
	11	33 633	30 115	34 791	37 323	24 047	36 544	—	0.9
	12	27 553	26 076	38 932	32 984	38 067	38 612	—	0.9
	13	21 842	37 083	41 090	38 835	32 083	39 323	—	0.9
	14	27 941	30 073	41 696	33 246	31 273	30 433	—	0.9
	15	30 765	26 991	42 408	34 044	33 623	36 594	—	0.9
	16	29 015	36 323	37 082	32 831	32 140	37 034	—	0.9
	17	33 305	30 786	38 329	31 302	30 198	36 746	—	0.9
	18	28 128	27 174	47 118	27 432	32 551	39 182	—	0.9
	19	18 194	47 316	36 910	33 775	18 963	28 522	—	0.8
	20	27 690	32 467	29 000	32 166	35 892	**42 311**	—	0.9
	21	32 702	32 326	32 217	35 991	37 464	36 002	—	0.9
	22	**34 020**	**36 115**	**34 000**	**40 513**	**37 102**	**29 846**	—	1
行业平均销售量		**29 250.3**	**33 310.4**	**36 231.5**	**34 461.2**	**32 525.7**	**34 499.1**		

5. 一般市场销售额对照分析

从表 4-18 企业一般市场销售额表可得，本企业第 6 周期销售额为 27.42 百万元，小于行业平均的 30.58 百万元，这也是因高价格、低广告费用和低销售人员导致的。

表 4-18　企业一般市场销售额表

项 目	企 业	周 期							评分
		1	2	3	4	5	6	7	
一般市场 销售额 （百万元） 权数：1	1	25.62	41.31	31.93	22.92	32.66	25.66	—	0.9
	2	31.16	36.86	31.54	30.85	28.43	29.8	—	0.9
	3	32.45	27.9	35.26	32.73	29.15	32.14	—	0.9
	4	32.31	26.75	33.28	32.31	30.41	29.32	—	0.9

续表

项 目	企 业	周 期							评分
		1	2	3	4	5	6	7	
一般市场销售额（百万元）权数：1	5	31.24	30.52	36.06	32.75	27.96	27.18	—	0.9
	6	29.1	36.23	31.38	31.1	25.73	28.09	—	0.9
	7	27.93	29.93	29.28	29.92	31.66	31.54	—	0.9
	8	32.27	32.85	34.92	30.15	28.03	28.64	—	0.9
	9	33.51	31.04	35.15	30.19	25.99	29.45	—	0.9
	10	31.1	35.34	32.64	29.45	24.39	34.71	—	0.9
	11	33.59	30.14	32.63	31.68	22.84	31.75	—	0.9
	12	29.06	27.19	36.42	29.71	31.72	33.15	—	0.9
	13	24.02	35.78	38.41	33.2	28.03	32.63	—	1
	14	29.61	30.37	38.73	29.58	27.48	28.3	—	0.9
	15	31.68	28.07	39.01	30.25	28.91	32.52	—	0.9
	16	30.17	35.05	33.74	29.21	27.92	31.5	—	0.9
	17	33.3	30.78	35.26	28.16	26.57	31.96	—	0.9
	18	29.53	28.12	41.93	25.37	27.99	33.5	—	0.9
	19	20.34	42.86	33.95	29.72	18.96	26.24	—	0.8
	20	29.07	32.14	28.97	28.62	29.96	35.75	—	0.9
	21	32.65	31.7	31.57	31.16	31.18	31.6	—	0.9
	22	**31.59**	**33.54**	**32.6**	**33.54**	**29.6**	**27.42**	—	0.9
行业平均销售额		**30.06**	**32.48**	**34.30**	**30.12**	**27.98**	**30.58**		

6. 理论和实际市场占有率对照分析

从表 4-19 企业理论市场占有率表和表 4-20 企业实际市场占有率表可得，本企业第 6 周期理论和实际市场占有率都小于行业平均水平，但实际市场占有率 4%大于理论市场占有率 3.9%，说明竞争对手有缺货的情况，如 4 号企业、13 号企业和 16 号企业。

表 4-19　企业理论市场占有率表

项 目	企 业	周 期							评分
		1	2	3	4	5	6	7	
理论市场占有率（%）权数：1	1	3.7	5.8	4.6	3.4	5.3	3.7	—	0.9
	2	4.6	5.1	4	4.6	4.5	4.3	—	0.9
	3	4.7	3.8	4.5	4.9	4.7	4.6	—	0.9
	4	5.8	3.6	4.3	4.8	5.1	5	—	0.9
	5	4.6	4.1	4.6	5.1	4.5	3.9	—	0.9
	6	4.2	5.9	4	4.7	4.1	4	—	0.9
	7	4.1	4	3.7	4.4	5.1	4.5	—	0.8
	8	4.7	4.4	4.5	4.5	4.5	4.1	—	0.9
	9	4.9	4.2	4.5	4.5	4.1	4.2	—	0.9
	10	4.5	5.4	4.3	4.6	3.9	5.1		0.9

续表

项 目	企 业	周 期							评分
		1	2	3	4	5	6	7	
理论市场 占有率 （%） 权数：1	11	4.9	4.1	4.2	4.7	3.6	4.6	—	0.8
	12	4.2	3.7	4.7	4.4	5.1	4.8	—	0.9
	13	3.5	4.8	4.9	4.9	4.5	5.5	—	0.9
	14	4.3	4.1	5	4.4	4.4	4.1	—	0.9
	15	4.6	3.8	5	4.5	4.6	4.8	—	0.9
	16	4.4	4.7	5	4.3	4.5	5.1	—	0.9
	17	4.9	4.2	4.6	4.2	4.2	4.6	—	0.9
	18	4.3	3.8	5.6	3.8	4.5	4.8	—	0.9
	19	3	5.8	4.9	4.4	4	3.8	—	0.8
	20	4.2	4.3	3.7	4.2	4.8	5.1	—	0.9
	21	4.8	4.3	4	4.6	5	4.5	—	0.9
	22	5.9	4.9	4.2	5	5.2	3.9	—	1
平均理论市场占有率		4.49	4.49	4.49	4.50	4.51	4.5		

表4-20　企业实际市场占有率表

项 目	企 业	周 期							评分
		1	2	3	4	5	6	7	
实际市场 占有率 （%） 权数：1	1	3.8	5.7	4.2	3.4	5.3	3.8	—	0.9
	2	4.7	5.1	4.1	4.6	4.6	4.4	—	0.9
	3	4.9	3.9	4.6	4.9	4.7	4.7	—	0.9
	4	4.8	3.7	4.4	4.8	4.9	4.3	—	0.9
	5	4.7	4.2	4.7	4.9	4.5	4	—	0.9
	6	4.4	5	4.1	4.6	4.1	4.1	—	0.9
	7	4.2	4.1	3.8	4.5	5.1	4.6	—	0.9
	8	4.8	4.5	4.6	4.5	4.5	4.2	—	0.9
	9	5	4.3	4.6	4.5	4.2	4.3	—	0.9
	10	4.7	4.9	4.3	4.4	3.9	5.1	—	0.9
	11	5	4.2	4.3	4.7	3.7	4.7	—	0.9
	12	4.3	3.8	4.8	4.4	5.1	4.9	—	0.9
	13	3.6	5	5	5	4.5	4.8	—	1
	14	4.4	4.2	5.1	4.4	4.4	4.2	—	0.9
	15	4.7	3.9	5.1	4.5	4.6	4.8	—	0.9
	16	4.5	4.9	4.4	4.4	4.5	4.6	—	0.9
	17	5	4.3	4.6	4.2	4.3	4.7	—	0.9
	18	4.4	3.9	5.5	3.8	4.5	4.9	—	0.9
	19	3	5.9	4.4	4.4	3	3.8	—	0.8
	20	4.3	4.4	3.8	4.3	4.8	5.3	—	0.9
	21	4.9	4.4	4.1	4.7	5	4.6	—	0.9
	22	4.7	4.6	4.3	5	4.8	4	—	0.9
平均实际市场占有率		4.49	4.50	4.49	4.50	4.50	4.49		

二、生产指标的对照分析

生产指标的对照分析主要集中于累计产品库存、产品质量评价与设备生产能力等指标。

1. 累计产品库存对照分析

从表 4-21 企业累计产品库存表可得，本企业第 6 周期 E 产品的库存为 5 539 台，大于行业平均水平 5 056.3 台，且行业平均库存处于历史第 2 高位，故第 7 周期库存压力明显。

表 4-21　企业累计产品库存表

项 目	企 业	周　期							
		1	2	3	4	5	6	7	评分
累积产品库存（台）权数：1	1	10 929	0	0	7 767	0	7 965	—	0.6
	2	4 023	0	2 428	1 630	2 054	3 797	—	0.8
	3	1 888	9 432	6 477	2 526	1 937	720	—	0.9
	4	0	8 819	8 260	4 478	0	0	—	1
	5	3 541	7 917	4 162	0	888	6 741	—	0.7
	6	6 297	0	2 176	0	4 164	8 296	—	0.6
	7	7 916	12 406	17 101	17 135	12 058	11 509	—	0.5
	8	2 061	2 957	164	316	789	4 019	—	0.8
	9	835	4 217	1 211	1 172	5 365	7 784	—	0.7
	10	3 991	0	0	0	6 357	0	—	1
	11	1 737	6 047	5 181	2 283	11 311	9 272	—	0.6
	12	6 467	14 816	9 859	11 300	6 308	2 201	—	0.9
	13	12 178	9 520	3 850	902	3 356	0	—	1
	14	6 079	10 431	2 710	3 889	2 191	6 263	—	0.7
	15	3 255	10 689	2 256	2 637	2 089	0	—	1
	16	5 005	3 107	0	1 594	2 529	0	—	1
	17	715	4 354	0	3 123	6 000	3 759	—	0.8
	18	5 892	13 143	0	6 993	7 517	2 840	—	0.8
	19	15 826	2 935	0	650	18 564	24 547	—	0
	20	6 330	8 288	13 263	15 522	12 705	4 899	—	0.8
	21	2 758	5 397	8 145	6 579	2 215	1 088	—	0.9
	22	0	0	3 355	647	0	5 539	—	0.7
行业平均库存		4 896.5	6 112.5	4 118.1	4 142.9	4 927.1	5 056.3		

2. 产品质量评价对照分析

从表 4-22 企业产品质量评价表可得，第 6 周期除 5 号企业与本企业产品质量等级为 3 外，其他企业都为 2，高于本企业水平。这与本企业大规模、低价格、低质量的经营战略相吻合。

表 4-22　企业产品质量评价表

项 目	企 业	周 期							
		1	2	3	4	5	6	7	评分
产品质量评价 权数：2	1	2	2	2	2	2	2	—	2
	2	2	2	2	2	2	2	—	2
	3	2	2	2	2	2	2		2
	4	2	3	2	3	2	2	—	1.7
	5	2	2	2	2	2	3		1.8
	6	2	2	2	2	2	2		2
	7	2	2	2	2	2	2		2
	8	2	2	2	2	2	2		2
	9	2	2	2	2	2	2		2
	10	2	2	2	2	2	2		2
	11	3	2	2	2	2	2		1.8
	12	2	2	2	2	2	2		2
	13	2	2	2	2	2	2		2
	14	2	2	2	2	2	2		2
	15	2	2	2	2	2	2		1.8
	16	2	2	2	2	2	2		2
	17	2	2	2	2	2	2		2
	18	2	2	2	2	2	2		2
	19	2	2	2	2	2	2		2
	20	2	2	3	2	2	2	—	1.8
	21	2	2	3	2	2	2		1.8
	22	**3**	**3**	**3**	**3**	**3**	**3**	—	**1.3**

3. 设备生产能力对照分析

从表 4-23 企业设备生产能力表可得，本企业的规模从第 2 周期开始成为行业最大，这与第 2 周期开始企业采用大规模、低价格、低质量经营战略是相吻合的。

表 4-23　企业设备生产能力

项 目	企 业	周 期							
		1	2	3	4	5	6	7	评分
设备生产能力 权数：1	1	38 025	38 025	38 025	38 025	38 025	38 025	—	0.9
	2	38 025	38 025	38 025	38 025	38 025	38 025	—	0.9
	3	38 025	38 025	38 025	38 025	38 025	38 025		0.9
	4	38 025	38 025	38 025	38 025	38 025	38 025	—	0.9
	5	38 025	38 025	38 025	38 025	38 025	38 025		0.9

续表

项 目	企 业	周 期							评分
		1	2	3	4	5	6	7	
设备生产能力 权数：1	6	38 025	38 025	38 025	38 025	38 025	38 025	—	0.9
	7	38 025	38 025	38 025	38 025	38 025	38 025	—	0.9
	8	38 025	38 025	38 025	38 025	38 025	38 025	—	0.9
	9	38 025	38 025	38 025	38 025	38 025	38 025	—	0.9
	10	38 025	38 025	38 025	38 025	38 025	38 025	—	0.9
	11	38 025	38 025	38 025	38 025	38 025	38 025	—	0.9
	12	38 025	38 025	38 025	38 025	38 025	38 025	—	0.9
	13	38 025	39 487	39 487	39 487	39 487	39 487	—	0.9
	14	38 025	38 025	38 025	38 025	38 025	38 025	—	0.9
	15	38 025	38 025	38 025	38 025	38 025	38 025	—	0.9
	16	38 025	38 025	38 025	38 025	38 025	38 025	—	0.9
	17	38 025	38 025	38 025	38 025	38 025	38 025	—	0.9
	18	38 025	38 025	38 025	38 025	38 025	38 025	—	0.9
	19	38 025	38 025	38 025	38 025	38 025	38 025	—	0.9
	20	38 025	38 025	38 025	38 025	38 025	38 025	—	0.9
	21	38 025	38 025	38 025	38 025	38 025	38 025	—	0.9
	22	**38 025**	**39 715**	**41 405**	**41 405**	**41 405**	**41 405**	—	**1**
行业平均生产能力		**38 025**	**38 168**	**38 245**	**38 245**	**38 245**	**38 245**		

综合以上市场指标和生产指标的分析，我们可以得出 22 号企业第 6 周期大规模、低价格、低质量的战略没有完全实现，由于定价失误实际变成了高价格、大规模和低质量的情况，这必然导致企业高库存，所以，下一周期必须严格执行价格战略。

三、财务指标的对照分析

财务指标的对照分析主要集中于 3 大权重指标，即周期支付股息、总的盈亏累计和周期贷款总额。

1. 周期支付股息的对照分析

周期支付股息是第三大权重指标，占 10 分。系统根据累计支付的股息大小给指标赋分，支付越多分数高。从表 4-24 企业周期支付股息表可得，本企业累计支付的股息为 3.5 百万元，大于行业平均 2.81 百万元，处于一般偏上水平，故分数为 6.3 分。累计支付最高的为 5 号企业，已达到 5.47 百万元，分数为 10 分，最低为 21 号企业，只有 1.58 百万元，分数为 2.8 分。因此，根据系统的赋分规则，每增加 1 分需要增加的股息支付为

$$\frac{5.47-1.58}{10-2.8} = 0.54 \ （百万元）$$

表 4-24　企业周期支付股息表

项目	企业	周期							
		1	2	3	4	5	6	累计	评分
周期支付股息（百万元）权数：10	1	0.4	0.71	0.78	0.3	0.7	0.8	3.69	6.7
	2	0.4	1.2	0.9	0.5	0.85	1.1	4.95	9
	3	0.3	0.3	0.3	0.3	0.3	0.3	1.8	3.2
	4	0.8	0.5	1	0.3	0.3	0.3	3.2	5.8
	5	0.3	0.8	1.25	1.1	1.02	1	5.47	10
	6	0.3	0.5	1	0.3	0.9	0.3	3.3	6
	7	0.3	0.3	0.3	0.3	0.5	0.5	2.2	4
	8	0.3	0.3	0.3	0.3	0.3	0.3	1.8	3.2
	9	0.3	0.3	0.3	0.3	0.3	0.3	1.8	3.2
	10	0.3	0.3	0.5	0.5	0.6	0.5	2.7	4.9
	11	0.3	0.3	0.3	0.3	0.3	0.3	1.8	3.2
	12	0.5	0.3	0.3	0.3	0.3	0.3	2	3.6
	13	0.3	0.3	0.3	0.3	0.3	0.3	1.8	3.2
	14	0.5	0.5	0.5	0.5	0.5	0.5	3	5.4
	15	1	0.7	0.5	0.88	0.9	0.7	4.68	8.5
	16	0.5	0.5	0.5	0.6	0.6	0.8	3.5	6.3
	17	0.3	0.3	0.3	0.9	0.3	0.6	2.7	4.9
	18	0.5	0.3	0.5	0.3	0.3	0.3	2.2	4
	19	0.3	0.6	0.3	0.3	0.5	0.3	2.3	4.2
	20	0.3	0.3	0.3	0.3	0.3	0.3	1.8	3.2
	21	0.3	0.3	0.3	0.3	0.3	0.08	1.58	2.8
	22	0.3	0.8	1	0.3	0.8	0.3	3.5	6.3
行业平均水平		**0.40**	**0.47**	**0.53**	**0.44**	**0.50**	**0.46**	**2.81**	

2. 总的盈亏累计对照分析

总的盈亏累计是企业未分配利润总额，是权重最大的指标，占 40 分。从表 4-25 企业的总的盈亏累计表可得，截至第 6 周期本期为 20.17 百万元，大于行业平均 19.43 百万元，处于一般偏上水平。其中，最高的是 14 号企业，达到 23.18 百万元，分值为 40 分，最低的是 13 号企业，只有 13.21 百万元，分值为 22.7 分。因此，根据系统的赋分规则，每增加 1 个分值需增加总的盈亏累计数为

$$\frac{23.18-13.21}{40-22.7}=0.58（百万元）$$

表 4-25　企业总的盈亏累计表

项　目	企　业	周　期							评分
		1	2	3	4	5	6	7	
总的盈亏累计 （百万元） 权数：40	1	6.08	9.48	12.28	14.69	17.12	18.63	—	32.1
	2	7.08	10.25	13.25	15.8	18.27	20.35	—	35.1
	3	7.66	10.37	14.22	16.96	19.67	22.52	—	38.8
	4	6.29	8.55	11.67	14.04	16.32	18.27	—	31.5
	5	7.13	9.39	12.55	14.16	16.09	17.88	—	30.8
	6	7.02	9.9	12.44	15.52	17.32	19.99	—	34.4
	7	6.78	9.07	11.42	12.55	14.01	15.08	—	26
	8	7.28	10.6	14.59	17.03	20.18	22.84	—	39.4
	9	7.41	10.81	15.03	17.66	20.33	23.02	—	39.7
	10	7.28	10.95	14.35	16.68	19.07	22.18	—	38.2
	11	7.38	10.52	14.35	17.05	18.75	21.09	—	36.3
	12	6.8	8.92	12.59	14.54	17.08	20.05	—	34.5
	13	6.38	6.9	7.47	10.06	11.88	13.21	—	22.7
	14	6.81	9.42	13.53	15.83	20.67	23.18	—	40
	15	6.65	8.88	13	14.87	17.31	19.88	—	34.3
	16	6.92	10.66	13.88	16.24	18.95	20.9	—	36
	17	7.58	10.88	15.24	16.13	18.85	21.5	—	37.1
	18	6.88	9.23	13.14	15.25	18.08	21.03	—	36.2
	19	5.76	8.92	12.24	14.56	15.85	17.03	—	29.3
	20	6.94	9.36	11.75	12.67	13.52	14.4	—	24.8
	21	6.85	9.25	10.01	12.64	14.19	14.19	—	24.4
	22	**6.54**	**9.73**	**12.66**	**15.15**	**17.22**	**20.17**	—	34.8
行业平均水平		**6.89**	**9.64**	**12.80**	**15.00**	**17.31**	**19.43**		

3. 周期贷款总额对照分析

从表 4-26 企业周期贷款表可得，本企业第 6 周期的贷款为 0.2 百万元，虽然小于行业平均的 0.46 百万元。但是，行业中大多数企业贷款已经为 0，故第 7 周期必须要降到 0。

22 号企业第 6 周期末行业总排名为第 9 名，处于行业中游稍偏上水平，第 7 周期是最后一周期，要进行合理的对策分析，以提升行业排名。

4-26　企业周期贷款总额

项　目	企　业	周　期							评分
		1	2	3	4	5	6	7	
周期贷款总额 （百万元） 权数：24	1	32	15	16.88	5.86	5	0	—	24
	2	27.68	12.8	13.11	0	0	0	—	24
	3	26.12	19.73	16	0.51	0	0	—	24
	4	30	16.23	18.09	12	2	0	—	24

续表

项 目	企 业	周 期							评分
		1	2	3	4	5	6	7	
	5	30	15.35	15.14	7	0.27	0	—	24
	6	28.9	17	13.37	9	0	1.45	—	16.6
	7	29.77	20.53	24.43	10.96	6.24	0	—	24
	8	30.55	16.36	17	0	0	0	—	24
	9	26	12.49	14	0	0.73	0	—	24
	10	27.58	17	15	0	0	0	—	24
	11	28.7	13.84	18.44	5.91	5.83	0	—	24
	12	28.97	19.53	19.4	5.98	2.97	0	—	24
周期贷款总额 （百万元） 权数：24	13	34.75	23.66	23.61	19	14.49	3	—	8.8
	14	28.87	17.16	15	0.09	0	0	—	24
	15	27.15	17.09	15.5	0	0	0	—	24
	16	28.18	13	15	0	0	0	—	24
	17	30	12.69	29.18	0.74	0.15	0	—	24
	18	28.61	18.49	15.6	0.64	3.64	0	—	24
	19	34.41	17	15	1	13.35	4.75	—	0
	20	28.55	23.39	26.79	14.59	6.62	0.75	—	20.2
	21	27.44	16.63	12.07	8.79	0	0	—	24
	22	**27**	**13**	**14.57**	**0**	**0**	**0.2**	—	22.9
行业平均周期贷款		**29.15**	**16.73**	**17.42**	**4.64**	**2.79**	**0.46**		

第三节　企业经营对策分析与追踪决策

在上一节中以 22 号企业第 6 周期为例进行了企业经营状况与行业的对照分析，通过分析明确了企业经营的不足及在行业中的地位，接下来将进行对策分析，进行追踪决策。本节以 22 号企业第 7 周期决策为例进行阐述。第 7 周期的周期形势报告见表 4-27，第 6 周期的经营业绩报告见表 4-28～表 4-36。

表 4-27　第 7 周期形势报告

市场容量	市场容量与上一周期相比，将有明显增长，增幅为 7.69%
原材料	原材料价格与第 0 周期相比，将大幅度增长，增幅为 12.00%
附件	附件价格与第 0 周期相比，将有明显增长，增幅为 5.00%
人员费用	工薪水平与第 0 周期相比，将大幅度增长，增幅为 20.00%
批量招标	本周期招标产品为 E 产品，数量为 0 台
批量订购	特殊产品订购为 I 产品，数量为 3000 台
订购价格	特殊产品单位定价已由用户给定，为 985 元/台

表 4-28 市场生产数据报告（第 6 周期）

市场报告				仓库报告 I：原材料			
	一般市场	附加市场			量	价	值
		I	II		（台）	（元/台）	（百万元）
价格（元/台）	918.8	918	1 050	期初库存	41 285	60	2.47
销售量（台）	29 846	2 500	3 200	＋增加	0	108	0
销售额（百万元）	27.42	2.29	3.36	－消耗	41 085	60	2.46
市场占有率（%）		4		＝期末库存	200	60	0.01
产品质量评价		3					
仓库报告 II：一般产品				仓库报告 III：附件			
	量	制造成本	库存价值		量	价	值
	（台）	（元/台）	（百万元）		（台）	（元/台）	（百万元）
期初库存	0	0	0	期初库存	36 946	140	5.17
＋增加	35 385	550.86	19.49	＋增加	939	240	0.22
－消耗	29 846	550.86	16.44	－消耗	37 885	142.5	5.4
＝期末库存	5 539	550.86	3.05	＝期末库存	0	0	0
人员报告 I				人员报告 II			
	生产部门	研究开发部门		部门		人员（人）	
期初人员	116	8		销售		46	
＋招聘	4	0		采购		5	
－辞退	0	0		管理		25	
－流动	4	—		管理的合理化系数		1.3	
＝期末人员	116	8					
生产报告 I				生产报告 II			
	生产线	机器人			加工	设备要求	人员要求
	（条）	（个）			（台）	（单位）	（人）
前周期	5	50		一般产品	37 885	37 885	101.5
＋投资	0	0		特殊产品	3 200	3 520	14
－变卖	0	—		合计	41 085	41 405	116
本周期	5	50		负载率（%）	—	100	99.7
生产报告 III							
生产线的合理化系数				1.3			
生产线维修保养系数				0.98			
生产线负载率 100%时的生产能力				41 405			

表 4-29 产品成本类型核算报告（第 6 周期）

成本类型	（百万元）	成本类型说明
材料费用		
原材料	2.46	直接成本
附件	5.4	直接成本
生产材料	1.22	直接成本
人员费用		
工资费用	7.26	其中，直接成本 4

续表

成本类型	（百万元）	成本类型说明
人员附加费用	4.31	其中，直接成本3.2
招聘/辞退费用	0.04	间接成本
折旧费用		
厂房	0.2	间接成本
生产线	2	间接成本
机器人	2	间接成本
其他经营费用		
其他固定费用	1.6	间接成本
维修保养	0.55	间接成本
合理化	0.3	间接成本
返修/废品	0.49	间接成本
库存费用	0.16	间接成本
广告费用	2	间接成本
市场研究	0	间接成本
其他研究开发费用	0.2	间接成本
合　计	30.21	

表4-30　成本发生部门核算（第6周期）

成本类型\成本发生部门	合　计（百万元）	采　购	生　产	研究开发	销售库存	管　理
人员费用						
工资	3.25	0.17	0	0.46	1.87	0.75
人员附加费用	1.1	0.13	0	0.36	0	0.6
招聘/辞退	0.04	0	0.04	0	0	0
折旧费用						
厂房	0.2	0.03	0.12	0.01	0.02	0.02
生产线	2	0	2	0	0	0
机器人	2	0	2	0	0	0
其他经营费用						
其他固定费用	1.6	0.15	0.3	0.05	0.1	1
维修保养	0.55	0	0.5	0	0	0.05
合理化	0.3	0	0	0	0	0.3
返修/废品	0.49	0	0.49	0	0	0
仓库费用	0.16	0	0	0	0.16	0
广告	2	0	0	0	2	0
市场研究	0	0	0	0	0	0
其他研究开发费用	0.2	0	0	0.2	0	0
合　计	13.91	0.49	5.45	1.08	4.15	2.72

表 4-31　成本承担单元核算（第 6 周期）

成本\成本承担单元	合 计（百万元）	一般产品一般市场	一般产品附加市场 I	特殊产品附加市场 II
原材料	2.46	2.12	0.15	0.19
＋附件	5.4	5.04	0.35	0
＋生产材料	1.22	1.06	0.07	0.08
＝材料直接费用	9.09	8.23	0.58	0.28
＋材料间接费用	0.49	0.44	0.03	0.01
＝材料成本	9.58	8.67	0.61	0.29
加工直接费用	7.2	6.15	0.43	0.61
＋加工间接费用	5.45	4.66	0.32	0.46
＝加工成本	12.65	10.81	0.76	1.07
＝制造成本	22.24	19.49	1.37	1.37
＋研究开发费用	1.08	0.95	0.06	0.06
＋销售费用	4.15	3.63	0.25	0.25
＋管理费用	2.72	2.39	0.16	0.16
＝产品成本	30.21	26.47	1.87	1.86
销售收入	33.07	27.42	2.29	3.36
＋/一产品库存变化	3.05	3.05	0	0
＝总的经营收入	36.12	30.47	2.29	3.36
生产经营成果	5.91	3.99	0.42	1.49

表 4-32　利润和亏损核算（第 6 周期）

	（百万元）		（百万元）
销售收入	33.07	销售收入	33.07
＋/一产品库存变化	3.05	一销售产品制造成本	19.19
一材料费用	9.09		
一人员费用			
一工资	7.26	一销售费用	4.15
一人员附加费用	4.31		
一其他人员费用	0.04	一研究开发费用	1.08
一折旧	4.2		
一其他经营费用	5.3	一管理费用	2.72
＝生产经营成果	5.91	＝生产经营成果	5.91

表 4-33　税后利润（第 6 周期）

	（百万元）
生产经营成果	**5.91**
＋有价证券收入	0
－利息费用和其他费用	0.49
＝一般经营成果	**5.42**
＋特别收入	0
－特别费用	0
＝税前经营成果	**5.42**
－税收	2.17
＝年终结余/年终亏损	**3.25**

表 4-34　利润分配（第 6 周期）

利润分配	（百万元）
年终结余/年终亏损	**3.25**
－前周期亏损结转	0
－本周期利润储备	2.95
＝资金平衡利润/资金平衡亏损	**0.3**
－股息	0.3
＝本周期亏损结转	**0**

表 4-35　财务报告（第 6 周期）

本周期财务报告（百万元）			
期初现金	**1.98**		
现金收入	本周期（百万元）	现金支出	本周期（百万元）
本周期产品销售收入	26.46	材料费用	1.45
＋前周期产品销售收入	6.78	＋人员费用	11.61
		＋其他经营费用	5.3
＋有价证券	0	＋中期和透支贷款归还	0
＋利息收入	0	＋利息费用	0.49
		＋购买机器人	0
＋特别收入	0	＋购买生产线和厂房	0
＋生产线变卖收入	0	＋购买有价证券	13.5
		＋税收	2.17
＋中期贷款	0	＋股息支付（前周期）	0.8
＋透支贷款	0.2	＋特别费用	0
＝现金收入合计	33.44	＝现金支出合计	35.33
期末现金	**0.1**		

表4-36 资产负债表（第6周期）

资产（百万元）		负债（百万元）	
固定资产		自有资金	
实物		注册资金	4
地产和厂房	2.8	资金储备	1
设备和生产设施	5.6	利润储备	17.22
流动资产		前周期亏损结转	0
库存		年终结余/年终亏损	3.25
原材料和附件	0.01	债务	
成品	3.05	贷款	
债权	6.61	长期贷款	6
有价证券	13.5	中期贷款	0
现金	0.1	透支贷款	0.2
资产合计	**31.68**	负债合计	**31.68**

步骤一：考察周期形势，总结上周期经营状况，确定周期经营目标和战略

因本企业第6周期定价失误，导致在大规模、低质量的情况下，变成了行业高价格的企业，最终使企业期末产品库存达到5 539台（见表4-28），本周期库存压力明显。从本周期的市场形势看，市场容量小幅增加，但成本增加明显。由此制订以下经营目标与战略。

经营目标：把产品库存下降到1 000单位左右，改变高库存的被动局面；充分利用本企业大规模的优势与周期市场机会，最大限度地赚取利润，避免缺货损失。

经营战略：继续实施大规模、低价格和低质量的经营战略，重点是价格定得要合理。

步骤二：生产调整决策

1. 设备能力调整

根据战略要求，本周期继续采用原有规模，即维修保养费用投入0.5百万元，系数为0.98，生产合理化投资不增加，系数为1.3，由此可得企业总的设备生产能力为

$$6\ 500 \times 5 \times 0.98 \times 1.3 = 41\ 405（单位）$$

利用生产能力反推生产计划的方法，先安排附加市场Ⅱ的订单生产，即生产Ⅰ产品3 000台，所需设备能力为

$$3\ 000 \times 1.1 = 3\ 300（单位）$$

因上周期附加市场Ⅰ中标3 500台，所以，又需设备能力为

$$3\ 500 \times 1 = 3\ 500（单位）$$

剩余的设备能力都用来安排一般市场E产品的生产，则一般市场计划量为

$$\frac{41\ 405 - 3\ 300 - 3\ 500}{1} = 34\ 605（台）$$

故最终生产计划为38 105台E产品和3 000台Ⅰ产品，此时，设备负载率达到100%，由此，本周期企业一般市场可供销售的产品为34 605＋5 539＝40 144（台）。

2. 人员能力调整

根据最终的生产计划确定人员需求为

$$\frac{38\,105}{250}+\frac{3\,000}{227}=165.64\approx166\,（人）$$

从表 4-29 市场生产数据报告的人员报告中可以得到，企业期初有生产人员 116 人，机器人 50 个，在福利费用 80% 的前提下，流失 4 人，则仍剩余 112 人，故生产人员缺口为

$$166-112-50=4\,（人）$$

故应再招聘生产人员 4 人，此时，生产人员的负债率也接近充分利用达 99.8%。

综上所述，本周期生产决策完毕，相应的决策数据如下。

① 一般市场计划量：34 605 台。

② 附加市场 I 产量：3 500 台。

③ 附加市场 II 产量：3 000 台。

④ 生产线：不投资也不变卖。

⑤ 维修保养费用：投入 0.5 百万元。

⑥ 生产合理化投资：0 百万元。

⑦ 生产人员：招聘 4 人，辞退 0 人。

⑧ 机器人：不购买。

步骤三：销售决策

1. 价格决策

先来预测本周期一般市场的平均价格，即要预测本周期的平均销售额与平均销售量。

（1）预测一般市场平均销售额。从上节的表 4-15 企业一般市场价格表和表 4-19 一般市场销售额表可得，第 6 周期一般市场平均价格为 890.8 元/台，平均销售额为 30.58 百万元，本周期比上周期增加 7.69%，故本周期初步预测的平均销售额为

$$30.58\times（1+7.69\%）=32.94\,（百万元）$$

虽然本周期市场容量增长明显，但因上周期行业平均库存达到 5 056.3 台，整个行业都存在较大的库存压力，预计本周期各个企业都会降低价格消化库存，所以，本周期平均价格可能略微下降，从而导致实际的销售额比 32.94 百万元还稍大，故修正预测值为 32.98 百万元。

（2）预测一般市场平均销售量。一般情况下，企业都会按照既定规模进行生产，所以，行业平均生产能力与第 6 周期大体保持不变（38 245 单位）。此外，每个企业都会生产附加市场 II 上的 3 000 台 I 产品，所以，本周期平均每个企业新生产的 E 产品数量为

$$38\,245-3\,000\times1.1=34\,945\,（台）$$

预计本周期行业平均库存下降 2 500 台，故行业平均销售量为

$$34\,495+2\,000=37\,445\,（台）$$

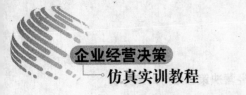

（3）预测一般市场平均价格。

$$预测的平均价格 = \frac{预测的平均销售额}{预测的平均销售量} = \frac{32.98 \times 10^6}{37\,445} = 880.76（元/台）。$$

（4）最终定价。因本企业采取的是大规模、低价格、低质量战略，故制定的价格必须低于预测的市场平均价格 880.76 元，同时，考虑到本周期企业可供销售的产品为 40 144 台，从表 4-17 企业一般市场销售量表中寻找第 6 周期销量为 40 144 台左右，且没有缺货的企业，它们是 10 号企业和 20 号企业，销量分别为 40 862 台和 42 311 台。再分别从表 4-14～表 4-16 考察这两个企业第 6 周期的价格、广告费用和销售人员数量，分别是 849.5 元/台，1.9 百万元，52 人；845 元/台，2.2 百万元，45 人。因本周期市场容量增幅明显，所以，如果按上周期 10 号或 20 号企业的价格、广告和销售人员水平，进行本企业的相应决策，应该能把本企业的产品卖完，但是，为了避免缺货，最终定价为 858 元/台。

2. 广告费用与销售人员数量决策

因价格已经低于平均水平，所以，在广告费用和销售人员数量上，本企业采取等于或稍大于行业平均水平的策略。从表 4-15 可得第 6 周期广告费用平均为 2.06 百万元，从表 4-16 可得第 6 周期销售人员平均为 47.6 人，故本周期广告投入 2.1 百万元，销售人员雇佣 48 人。

3. 市场和生产调研报告购买决策

根据企业的需要决定是否购买调研报告，由于从仿真系统第 6 项评价总表和第 4 项竞争结果数据中可以直接得到或间接推理到所有相关的数据，故一般不购买此报告。

4. 附加市场决策

最后一周期没有招投标，附加市场 II 的订单利润可观，所以，一般都会接受此订单。综上所述，本周期的销售决策完毕，相应的决策数据如下。

① 一般市场价格：858 元/台。

② 广告费用投入：2.1 百万元。

③ 销售人员个数：48 人。

④ 市场和生产调研报告：N（不购买）。

⑤ 附加市场 I 投标价格：0，不投标。

⑥ 附加市场 II 产品数量：3 000 台。

步骤四：产品质量决策

在第一步决策中已经明确本周期实施低质量战略，故确定目标质量等级为 3。要达到 3 级，只要科研人员维持原有的 8 人，社会福利费用 80%，产品改进费用为最低值 20 万元。由此本周期产品质量决策完毕，决策数据如下。

① 科研人员招聘或辞退数：0 人。

② 产品改进费用：0.2 百万元。

③ 社会福利费用：80%。

步骤五：原材料采购决策

根据本周期的生产计划原材料和附件的需求量如下。

原材料＝（34 605＋3 500）×1＋3 000×1＝41 105（单位），

附件＝（34 605＋3 500）×1＝38 105（单位）。

从表 4-28 市场生产数据报告可得原材料和附件期初库存分别为 200 单位和 0 单位，故原材料和附件的缺口为 40 905 单位和 38 105 单位，与 45 001 单位的订购批量最接近，且周期中期贷款为 O，如果按最大批量 70 001 采购，预算时中期贷款也为 0，故就按此批量采购，以降低原材料和附件成本，从而提升利润。由此材料采购决策完毕，具体决策数据如下。

① 原材料购买量：70 001 单位。

② 附件购买量：70 001 单位。

步骤六：管理合理化投资和股息支付决策

（1）管理合理化投资决策。依据经验投入 0.3 百万元。

（2）股息支付决策。

从表 4-24 可知第 6 周期本企业"周期支付股息"指标分值为 6.3 分，处于行业中上水平，"总的盈亏累计"指标分值为 34.8 分，也处于行业中上水平，故本企业"累计支付股息"与"总的盈亏累计"两个都处于同级水准，不存在短板指标。根据股息支付"两头多，中间少"的原则，再从表 4-24 企业周期支付股息表可得第 6 周期行业平均支付股息为 0.46 百万元，本周期决定支付股息 0.8 百万元。

步骤七：中期贷款与有价证券购买决策

（1）中期贷款决策

在"中期贷款"栏输入 0 时，通过预算模块中的《生产经营财务报告》发现，期末仍有 1 000 多万元的现金余额，故不需要中期贷款。

（2）有价证券购买。因为已经是最后一周期，不用购买有价证券。

综合步骤六、步骤七，企业的财务决策完毕，具体决策数据如下。

① 社会福利费用：80%。

② 中期贷款：0 百万元。

③ 购买有价证券：0 百万元。

④ 计划支付股息：0.8 百万元。

⑤ 管理合理化投资：0.3 百万元。

综上所述，第 7 周期追踪决策完毕，企业与行业对照数据见表 4-37。

从表 4-37 企业一般市场价格表可得，该企业（22 号）第 7 周期 E 产品价格小于行业平均价格 879.79 元/台，实现了低价格的经营战略。

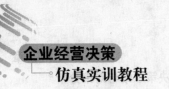
表 4-37　企业一般市场价格表

项　目	企　业	周　期							
		1	2	3	4	5	6	7	评分
一般市场价格（元/台）权数：1	1	1 109.9	910.9	939.9	989.9	799.9	966.9	885.9	0.8
	2	1 039.1	958.9	999.8	875.9	870.9	909.8	900	0.8
	3	1 010	1 038	955	853	866	900	920	0.8
	4	950	1 045	963.88	845.9	809.9	849.9	850	0.9
	5	1 025	1 015.9	955.9	848.8	868.8	948.9	886.9	0.8
	6	1 050	889.9	986.9	849.9	890	925	825	0.9
	7	1 070	1 000	1 000	870	830	900	830	0.8
	8	1 010	980	950	879.9	859.9	915.9	888.9	0.8
	9	1 010	1 000	950.5	875.99	899.99	917.89	890.9	0.8
	10	1 035.9	920	960.9	855.5	912.9	849.5	900.8	0.9
	11	999	1 001	938	848.99	949.99	868.88	788.88	0.9
	12	1 055	1 043	935.5	900.9	833.3	858.8	899.9	0.8
	13	1 100	965	935	855	873.9	830	898	0.9
	14	1 060	1 010	928.9	890	878.9	930	900.99	0.8
	15	1 030	1 040	919.9	888.8	860	888.8	918.8	0.8
	16	1 040	965	910	889.9	868.9	850.8	898.9	0.9
	17	1 000	1 000	920	899.9	880	870	888.8	0.8
	18	1 050	1 035	889.9	925	860	855	900	0.8
	19	1 118	905.9	919.9	880	1000	920	900.99	0.8
	20	1 050	990	999	890	835	845	845	0.9
	21	998.5	980.9	980	865.9	832.5	877.8	880.9	0.9
	22	**928.8**	**928.8**	**958.9**	**828**	**798**	**918.8**	**858**	**1**
行业平均价格		**1 033.60**	**982.87**	**949.90**	**877.60**	**867.22**	**890.80**	**879.89**	

从表 4-38 企业广告费用投入表可得，该企业第 7 周期广告投入与行业平均水平相当，实现预期的目标。

表 4-38　企业广告费用投入表

项　目	企　业	周　期							
		1	2	3	4	5	6	7	评分
广告费用（百万元）权数：1	1	2.4	2.3	1.82	2.5	2	2	2.1	0.9
	2	2.21	2.41	2.3	2.2	2.2	2.2	2.2	1
	3	1.5	2	2	2.1	2.5	2.5	2.5	0.9
	4	1.56	1.8	1.7	1.92	2	2.2	2.2	0.8
	5	2	2.1	2.21	2.3	2.12	2.21	2.21	0.9
	6	1.86	1.9	2	1.8	1.9	2	2.2	0.9
	7	2	1.8	1.9	2.2	2.3	2.3	2.3	0.9
	8	1.8	1.85	1.9	2	2	2	2.2	0.9

续表

项　目	企　业	周　期							评分
		1	2	3	4	5	6	7	
广告费用 （百万元） 权数：1	9	1.9	1.9	2	2.1	2.2	2.1	2.3	0.9
	10	2	1.8	1.8	1.5	1.85	1.9	1.79	0.8
	11	1.5	1.6	1	1.75	2.4	2.1	1.7	0.7
	12	1.89	1.9	1.88	2.1	2.2	1.89	1.88	0.9
	13	1.5	2.2	2.2	2.3	2.2	2.2	2.1	0.9
	14	2	2	2.1	2.2	2.1	2	2.2	0.9
	15	2	2.1	2.2	2.3	2.2	2.4	2.2	0.9
	16	2	1.88	1.9	1.9	2.1	2.2	2.2	0.9
	17	1.8	1.8	1	2	2	1.8	2.2	0.8
	18	1.89	2	2.5	1.89	2	1.89	1.86	0.9
	19	1	2.6	1.9	2	2	1.5	2	0.8
	20	2	2	2	2.2	2.2	2.2	2	0.9
	21	1.5	1.8	2.1	2.2	2.2	1.7	1.5	0.8
	22	**1.8**	**1.8**	**2**	**2.1**	**1.8**	**2**	**2.1**	0.8
行业平均广告投入		**1.82**	**1.98**	**1.93**	**2.07**	**2.11**	**2.06**	**2.09**	

从表 4-39 企业销售人员数量表可得，该企业第 7 周期雇佣的销售人员数量略高于行业平均水平，与预期目标一致，也在一定程度上保证了销售目标的实现。

表 4-39　企业销售人员数量表

项　目	企　业	周　期							评分
		1	2	3	4	5	6	7	
销售人员数量 （人） 权数：1	1	48	50	45	47	47	50	47	0.9
	2	45	52	48	48	52	47	48	0.9
	3	45	45	48	48	50	51	51	0.9
	4	45	45	47	45	45	45	45	0.9
	5	40	48	50	55	48	50	55	0.9
	6	43	48	44	45	45	46	52	0.9
	7	45	40	40	40	52	52	52	0.9
	8	40	45	45	45	45	45	50	0.9
	9	45	45	45	45	49	50	50	0.9
	10	45	47	45	47	47	52	51	0.9
	11	45	45	40	45	48	40	45	0.9
	12	45	45	45	55	55	45	45	0.9
	13	44	48	50	50	48	53	45	0.9
	14	50	45	50	47	50	50	53	0.9
	15	45	46	52	50	49	55	50	1
	16	42	48	45	48	48	50	50	0.9

续表

项 目	企 业	周 期							评分
		1	2	3	4	5	6	7	
销售人员数量 （人） 权数：1	17	40	45	50	45	45	45	45	0.9
	18	45	45	48	40	45	45	45	0.9
	19	40	47	45	45	40	40	50	0.9
	20	40	40	40	40	40	45	45	0.9
	21	40	40	40	45	46	45	45	0.9
	22	**45**	**46**	**46**	**51**	**53**	**46**	**48**	0.9
行业平均销售人员		**41.9**	**43.8**	**44.0**	**44.8**	**45.7**	**45.8**	**46.7**	

从表 4-40 企业一般市场销售量表可得，该企业第 7 周期销售量大于行业平均水平，这是在正确的销售策略下竞争的结果。

表 4-40　企业一般市场销售量表

项 目	企 业	周 期							评分
		1	2	3	4	5	6	7	
一般市场销售量 （台） 权数：1	1	23 091	45 354	33 975	23 158	40 842	26 540	36 854	0.9
	2	29 997	38 448	31 547	35 223	32 651	32 762	35 333	0.9
	3	32 132	26 881	36 930	38 376	33 664	35 722	34 255	0.9
	4	34 020	25 606	34 534	38 207	37 553	34 505	34 725	0.9
	5	30 479	30 049	37 730	38 587	32 187	28 652	38 482	0.9
	6	27 723	40 722	31 799	36 601	28 911	30 373	43 021	0.9
	7	26 104	29 935	29 280	34 391	38 152	35 054	46 234	0.9
	8	31 959	33 529	36 768	34 273	32 602	31 275	37 242	0.9
	9	33 185	31 043	36 981	34 464	28 882	32 086	37 756	0.9
	10	30 029	38 416	33 975	34 425	26 718	40 862	34 698	0.9
	11	33 633	30 115	34 791	37 323	24 047	36 544	43 997	0.9
	12	27 553	26 076	38 932	32 984	38 067	38 612	33 992	0.9
	13	21 842	37 083	41 090	38 835	32 083	39 323	35 395	0.9
	14	27 941	30 073	41 696	33 246	31 273	30 433	36 121	0.9
	15	30 765	26 991	42 408	34 044	33 623	36 594	33 233	0.9
	16	29 015	36 323	37 082	32 831	32 140	37 034	34 725	0.9
	17	33 305	30 786	38 329	31 302	30 198	36 746	36 865	0.9
	18	28 128	27 174	47 118	27 432	32 551	39 182	33 922	0.9
	19	18 194	47 316	36 910	33 775	18 963	28 522	35 094	0.8
	20	27 690	32 467	29 000	32 166	35 892	42 311	39 624	0.9
	21	32 702	32 326	32 217	35 991	37 464	36 002	35 322	0.9
	22	**34 020**	**36 115**	**34 000**	**40 513**	**37 102**	**29 846**	**39 404**	1
行业平均销售量		**29 250**	**33 310**	**36 231**	**34 461**	**32 526**	**34 499**	**37 104**	

从表 4-41 企业一般市场销售额表可得，该企业第 7 周期一般市场销售额为 33.8 百万

元,大于行业平均水平 32.55 百万元,说明企业的大规模、低价格、低质量的经营战略执行良好。

表 4-41　企业一般市场销售额表

项　目	企　业	周　期							
		1	2	3	4	5	6	7	评分
一般市场销售额 （百万元） 权数：1	1	25.62	41.31	31.93	22.92	32.66	25.66	32.64	0.9
	2	31.16	36.86	31.54	30.85	28.43	29.8	31.79	0.9
	3	32.45	27.9	35.26	32.73	29.15	32.14	31.51	0.9
	4	32.31	26.75	33.28	32.31	30.41	29.32	29.51	0.9
	5	31.24	30.52	36.06	32.75	27.96	27.18	34.12	0.9
	6	29.1	36.23	31.38	31.1	25.73	28.09	35.49	0.9
	7	27.93	29.93	29.28	29.92	31.66	31.54	38.37	0.9
	8	32.27	32.85	34.92	30.15	28.03	28.64	33.1	0.9
	9	33.51	31.04	35.15	30.19	25.99	29.45	33.63	0.9
	10	31.1	35.34	32.64	29.45	24.39	34.71	31.25	0.9
	11	33.59	30.14	32.63	31.68	22.84	31.75	34.7	0.9
	12	29.06	27.19	36.42	29.71	31.72	33.15	30.58	0.9
	13	24.02	35.78	38.41	33.2	28.03	32.63	31.78	1
	14	29.61	30.37	38.73	29.58	27.48	28.3	32.54	0.9
	15	31.68	28.07	39.01	30.25	28.91	32.52	30.53	0.9
	16	30.17	35.05	33.74	29.21	27.92	31.5	31.21	0.9
	17	33.3	30.78	35.26	28.16	26.57	31.96	32.76	0.9
	18	29.53	28.12	41.93	25.37	27.99	33.5	30.52	0.9
	19	20.34	42.86	33.95	29.72	18.96	26.24	31.61	0.9
	20	29.07	32.14	28.97	28.62	29.96	35.75	33.48	0.9
	21	32.65	31.7	31.57	31.16	31.18	31.6	31.11	0.9
	22	**31.59**	**33.54**	**32.6**	**33.54**	**29.6**	**27.42**	**33.8**	0.9
行业平均销售额		**30.06**	**32.48**	**34.30**	**30.12**	**27.98**	**30.58**	**32.55**	

从表 4-42 企业累积产品库存表可得,该企业第 7 周期 E 产品的库存量为 740 台,远小于行业平均水平 2 736.9 台,期初制订的库存目标实现。

表 4-42　企业累积产品库存表

项　目	企　业	周　期							
		1	2	3	4	5	6	7	评分
累积产品库存 （台） 权数：1	1	10 929	0	0	7 767	0	7 965	5 836	0.7
	2	4 023	0	2 428	1 630	2 054	3 797	3 189	0.8
	3	1 888	9 432	6 477	2 526	1 937	720	1 190	0.9
	4	0	8 819	8 260	4 478	0	0	0	1
	5	3 541	7 917	4 162	0	888	6 741	2 984	0.8

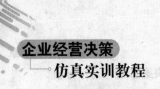
续表

项 目	企 业	周 期							评分
		1	2	3	4	5	6	7	
累积产品库存（台）权数：1	6	6 297	0	2 176	0	4 164	8 296	0	1
	7	7 916	12 406	17 101	17 135	12 058	11 509	0	1
	8	2 061	2 957	164	316	789	4 019	1 502	0.9
	9	835	4 217	1 211	1 172	5 365	7 784	4 753	0.8
	10	3 991	0	0	0	6 357	0	27	0.9
	11	1 737	6 047	5 181	2 283	11 311	9 272	0	1
	12	6 467	14 816	9 859	11 300	6 308	2 201	2 934	0.8
	13	12 178	9 520	3 850	902	3 356	0	792	0.9
	14	6 079	10 431	2 710	3 889	2 191	6 263	4 867	0.8
	15	3 255	10 689	2 256	2 637	2 089	0	1 492	0.9
	16	5 005	3 107	0	1 594	2 529	0	0	1
	17	715	4 354	0	3 123	6 000	3 759	1 619	0.9
	18	5 892	13 143	0	6 993	7 517	2 840	3 643	0.8
	19	15 826	2 935	0	650	18 564	24 547	24 178	0
	20	6 330	8 288	13 263	15 522	12 705	4 899	0	1
	21	2 758	5 397	8 145	6 579	2 215	1 088	466	0.9
	22	0	0	3 355	647	0	5 539	740	0.9
行业平均库存		4 896.5	6 112.5	4 118.1	4 142.9	4 927.1	5 056.3	2 736.9	

从表 4-43 企业产品质量评价表可得，该企业第 7 周期产品质量等级为 3 级，处于行业最低水平，符合企业低质量经营战略的要求。

表 4-43　企业产品质量评价表

项 目	企 业	周 期							评分
		1	2	3	4	5	6	7	
产品质量评价权数：2	1	2	2	2	2	2	2	2	2
	2	2	2	2	2	2	2	2	2
	3	2	2	2	2	2	2	2	2
	4	2	3	2	3	2	2	2	1.7
	5	2	2	2	2	2	3	2	1.8
	6	2	2	2	2	2	2	3	1.8
	7	2	2	2	2	2	2	2	2
	8	2	2	2	2	2	2	2	2
	9	2	2	2	2	2	2	2	2
	10	2	2	2	2	2	2	2	2
	11	3	2	2	2	2	2	2	1.8
	12	2	2	2	2	2	2	2	2
	13	2	2	2	2	2	2	2	2

续表

项　目	企　业	周　期							评分
		1	2	3	4	5	6	7	
产品质量评价 权数：2	14	2	2	2	2	2	2	2	2
	15	2	2	3	2	2	2	2	1.8
	16	2	2	2	2	2	2	2	2
	17	2	2	2	2	2	2	2	2
	18	2	2	2	2	2	2	2	2
	19	2	2	2	2	2	2	2	2
	20	2	2	3	2	2	2	2	1.8
	21	2	2	3	2	2	2	2	1.8
	22	3	3	3	3	3	3	3	1.3
行业平均质量等级		2.1	2.1	2.2	2.1	2.0	2.1	2.1	

从表 4-44 企业设备生产能力表可得，该企业从第 2 周期开始生产规模一直大于行业平均生产规模，且为行业最大，说明大规模的经营战略得到了很好的贯彻。

表 4-44　企业设备生产能力表

项　目	企　业	周　期							评分
		1	2	3	4	5	6	7	
设备生产能力 权数：1	1	38 025	38 025	38 025	38 025	38 025	38 025	38 025	0.9
	2	38 025	38 025	38 025	38 025	38 025	38 025	38 025	0.9
	3	38 025	38 025	38 025	38 025	38 025	38 025	38 025	0.9
	4	38 025	38 025	38 025	38 025	38 025	38 025	38 025	0.9
	5	38 025	38 025	38 025	38 025	38 025	38 025	38 025	0.9
	6	38 025	38 025	38 025	38 025	38 025	38 025	38 025	0.9
	7	38 025	38 025	38 025	38 025	38 025	38 025	38 025	0.9
	8	38 025	38 025	38 025	38 025	38 025	38 025	38 025	0.9
	9	38 025	38 025	38 025	38 025	38 025	38 025	38 025	0.9
	10	38 025	38 025	38 025	38 025	38 025	38 025	38 025	0.9
	11	38 025	38 025	38 025	38 025	38 025	38 025	38 025	0.9
	12	38 025	38 025	38 025	38 025	38 025	38 025	38 025	0.9
	13	38 025	39 487	39 487	39 487	39 487	39 487	39 487	0.9
	14	38 025	38 025	38 025	38 025	38 025	38 025	38 025	0.9
	15	38 025	38 025	38 025	38 025	38 025	38 025	38 025	0.9
	16	38 025	38 025	38 025	38 025	38 025	38 025	38 025	0.9
	17	38 025	38 025	38 025	38 025	38 025	38 025	38 025	0.9
	18	38 025	38 025	38 025	38 025	38 025	38 025	38 025	0.9
	19	38 025	38 025	38 025	38 025	38 025	38 025	38 025	0.9
	20	38 025	38 025	38 025	38 025	38 025	38 025	38 025	0.9
	21	38 025	38 025	38 025	38 025	38 025	38 025	38 025	0.9
	22	38 025	39 715	41 405	41 405	41 405	41 405	41 405	1
行业平均生产能力		38 025.0	38 168.3	38 245.1	38 245.1	38 245.1	38 245.1	38 245.1	

从表 4-45 企业周期支付股息表可得，该企业 7 周期累计支付的股息为 4.3 百万元，大于行业平均水平 3.51 百万元，处于中上水平。

表 4-45　企业周期支付股息表

项　目	企　业	周期							
		1	2	3	4	5	6	7	累计
周期支付股息 （百万元） 权数：10	1	0.4	0.71	0.78	0.3	0.7	0.8	1	**4.69**
	2	0.4	1.2	0.9	0.5	0.85	1.1	1	**5.95**
	3	0.3	0.3	0.3	0.3	0.3	0.3	0.3	**2.1**
	4	0.8	0.5	1	0.3	0.3	0.3	0.3	**3.5**
	5	0.3	0.8	1.25	1.1	1.02	1	1	**6.47**
	6	0.3	0.5	1	0.3	0.9	0.3	0.3	**3.6**
	7	0.3	0.3	0.3	0.3	0.5	0.5	0.5	**2.7**
	8	0.3	0.3	0.3	0.3	0.3	0.3	0.3	**2.1**
	9	0.3	0.3	0.3	0.3	0.3	0.3	0.3	**2.1**
	10	0.3	0.3	0.5	0.5	0.6	0.5	1.3	**4**
	11	0.3	0.3	0.3	0.3	0.3	0.3	1	**2.8**
	12	0.5	0.3	0.3	0.3	0.3	0.3	0.3	**2.3**
	13	0.3	0.3	0.3	0.3	0.3	0.3	0.3	**2.1**
	14	0.5	0.5	0.5	0.5	0.5	0.5	3.3	**6.3**
	15	1	0.7	0.5	0.88	0.9	0.7	0.4	**5.08**
	16	0.5	0.5	0.5	0.6	0.6	0.8	1	**4.5**
	17	0.3	0.3	0.3	0.9	0.3	0.6	0.8	**3.5**
	18	0.5	0.3	0.5	0.3	0.3	0.3	0.3	**2.5**
	19	0.3	0.6	0.3	0.5	0.3	0.3	0.7	**3**
	20	0.3	0.3	0.3	0.3	0.3	0.3	0	**1.8**
	21	0.3	0.3	0.3	0.3	0.3	0.08	0.3	**1.88**
	22	0.3	0.8	1	0.3	0.8	0.3	0.8	**4.3**
行业平均股息支付		**0.40**	**0.47**	**0.53**	**0.44**	**0.50**	**0.46**	**0.70**	**3.51**

从表 4-46 企业总的盈亏累计表可得，该企业 7 周期总的盈亏累计为 24.2 百万元，大于行业平均水平 22.13 百万元，处于中上水平。

表 4-46　企业总的盈亏累计表

项　目	企　业	周期							
		1	2	3	4	5	6	7	评分
总的盈亏累计 （百万元） 权数：40	1	6.08	9.48	12.28	14.69	17.12	18.63	21.49	32.1
	2	7.08	10.25	13.25	15.8	18.27	20.35	23.39	35
	3	7.66	10.37	14.22	16.96	19.67	22.52	25.54	38.2
	4	6.29	8.55	11.67	14.04	16.32	18.27	20.97	31.4
	5	7.13	9.39	12.55	14.16	16.09	17.88	20.64	30.9
	6	7.02	9.9	12.44	15.52	17.32	19.99	23.21	34.7
	7	6.78	9.07	11.42	12.55	14.01	15.08	18.17	27.2

续表

项 目	企 业	周 期							评分
		1	2	3	4	5	6	7	
总的盈亏累计 （百万元） 权数：40	8	7.28	10.6	14.59	17.03	20.18	22.84	26.67	39.9
	9	7.41	10.81	15.03	17.66	20.33	23.02	26.7	40
	10	7.28	10.95	14.35	16.68	19.07	22.18	24.76	37
	11	7.38	10.52	14.35	17.05	18.75	21.09	22.58	33.8
	12	6.8	8.92	12.59	14.54	17.08	20.05	23.78	35.6
	13	6.38	6.9	7.47	10.06	11.88	13.21	16.6	24.8
	14	6.81	9.42	13.53	15.83	20.67	23.18	23.86	35.7
	15	6.65	8.88	13	14.87	17.31	19.88	23.42	35
	16	6.92	10.66	13.88	16.24	18.95	20.9	23.75	35.5
	17	7.58	10.88	15.24	16.13	18.85	21.5	24.71	37
	18	6.88	9.23	13.14	15.25	18.08	21.03	24.66	36.9
	19	5.76	8.92	12.24	14.56	15.85	17.03	19.02	28.4
	20	6.94	9.36	11.75	12.67	13.52	14.4	12.91	19.3
	21	6.85	9.25	10.01	12.64	14.19	14.19	15.92	23.8
	22	**6.54**	**9.73**	**12.66**	**15.15**	**17.22**	**20.17**	**24.2**	36.2
行业平均盈亏累计		**6.89**	**9.64**	**12.80**	**15.00**	**17.31**	**19.43**	**22.13**	

从表 4-47 企业周期贷款总额表可得，该企业第 7 周期的贷款总额为 0，低于行业平均水平，且达到预期的目标。

表 4-47　企业周期贷款总额表

项 目	企 业	周 期							评分
		1	2	3	4	5	6	7	
周期贷款 总额 （百万 元） 权数：24	1	32	15	16.88	5.86	5	0	0	24
	2	27.68	12.8	13.11	0	0	0	0	24
	3	26.12	19.73	16	0.51	0	0	0	24
	4	30	16.23	18.09	12	2	0	0	24
	5	30	15.35	15.14	7	0.27	0	0	24
	6	28.9	17	13.37	9	0	1.45	0	24
	7	29.77	20.53	24.43	10.96	6.24	0	0	24
	8	30.55	16.36	17	0	0	0	0	24
	9	26	12.49	14	0	0.73	0	0	24
	10	27.58	17	15	0	0	0	0	24
	11	28.7	13.84	18.44	5.91	5.83	0	0	24
	12	28.97	19.53	19.4	5.98	2.97	0	0	24
	13	34.75	23.66	23.61	19	14.49	3	0	24
	14	28.87	17.16	15	0.09	0	0	0	24
	15	27.15	17.09	15.5	0	0	0	0	24

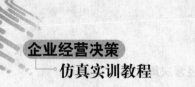

续表

项　目	企　业	周　期							评分
		1	2	3	4	5	6	7	
	16	28.18	13	15	0	0	0	0	24
周期贷款	17	30	12.69	29.18	0.74	0.15	0	0	24
总额	18	28.61	18.49	15.6	0.64	3.64	0	0	24
（百万	19	34.41	17	15	1	13.35	4.75	6.93	0
元）	20	28.55	23.39	26.79	14.59	6.62	0.75	0	24
权数：24	21	27.44	16.63	12.07	8.79	0	0	0	24
	22	27	13	14.57	0	0	0.2	0	24
行业平均贷款总额		29.15	16.73	17.42	4.64	2.79	0.46	0.32	

综上分析，说明该企业第 7 周期经营战略执行良好；周期经营目标实现。最后的行业排名从第 6 周期的第 9 名上升到 6 名。

第5章

课程实训项目设计

 知识目标

（1）了解周期经营决策与总结分析实训旨在培养的能力和素养。
（2）熟悉周期经营决策与总结分析实训的具体流程和环节。
（3）明确周期经营决策与总结分析的纪律要求。
（4）掌握企业经营综合决策的思路和流程。
（5）掌握企业经营综合决策总结分析的基本思路。
（6）明确周期经营决策总结分析PPT的大体框架。
（7）了解行业高峰论坛筹办项目的设计理念。
（8）明确行业高峰论坛筹办项目的运作流程及各环节的主要任务。
（9）熟悉行业高峰论坛筹办项目各环节的考核标准。
（10）了解行业高峰论坛筹办项目的其他注意事项。

 能力目标

（1）能根据企业经营决策的思路和相关技巧，较熟练与正确地进行企业周期经营决策。
（2）能从企业周期经营的各表中读取、核算并正确填写实训报告中的各指标数值。
（3）能根据相关指标数值分析企业经营状况及周期经营决策的成败，并提出后续的调整对策。
（4）能根据企业经营决策总结分析报告制作总结分析PPT。
（5）能根据项目指导手册合作完成论坛筹办的策划方案，方案要详细、周密、可行。
（6）论坛承办方能根据策划方案，较周密地进行人员、资金及其他相关资源的部署和调用，职责明确，分工协作，顺利完成行业高峰论坛的筹办，并获得大型综合性项目运作的相关经验。
（7）非承办方能较正确地对自身企业某一轮经营决策进行总结分析，制作总结分析PPT，并能以较高的职业水准在论坛上进行企业经营的总结演讲。

第一节 单一实训项目设计

单一实训项目是指利用仿真系统的群体对抗功能进行某一周期的企业经营决策，并根据企业经营业绩报告和行业竞争数据，分析周期经营决策的成功与不足之处，最后提出调整对策，称为周期经营决策与总结分析实训。它是本课程最基本，也是最主要的实训项目。经过多年的设计、使用与反复修改，我们最终编写了配套的实训指导手册和实训报告。授课教师可以根据需要复印并装订成册，供学生学习和使用。

实训指导手册是学生进行周期经营决策与总结分析实训的纲领性文件，它使学生明确该实训的内容、流程、思路、要求及考核标准，为实训的顺利有序开展打好了基础，也从一定程度上保证了实训的效果。

实训报告是学生在完成企业周期经营决策后需要完成的实训内容，主要包括各类指标数值的读取、核算和分析，以帮助学生分析本周期经营决策的成败和后续周期应采取的对策。科学合理且具针对性的实训报告是提升实训效果的关键要素，本实训报告在经历多次设计、修改和使用后，得到了包括仿真系统设计者在内的众多专家和学生的好评。

本节除介绍实训指导手册和实训报告的具体内容外，还提供了一份《企业经营决策仿真实训报告》，此报告可以剪裁下来，复印多份，装订成册，供学生使用。

周期经营决策与总结分析实训指导手册

一、实训目的

周期经营决策实训是为了培养学生运用所学知识，科学地就企业的生产、销售、研发、采购、财务、人事、仓储等进行综合决策的能力，使学生学会系统地思考企业经营的各个方面，做到统筹兼顾和综合平衡，力求整体最优，同时，使学生能根据企业经营业绩报告和行业竞争数据，分析周期决策的成败之处，并提出对策。具体而言，本实训项目主要培养学生以下能力和素养。

① 企业经营综合决策能力。
② 报表的读取与分析能力。
③ 基于数据的判断和推理能力。
④ 沟通表达能力。
⑤ 团队合作能力。
⑥ 耐心细致的素养。
⑦ 快速反应的素养。

二、实训流程与要求

1. 实训流程

周期经营决策与总结分析实训流程如图 5-1 所示。

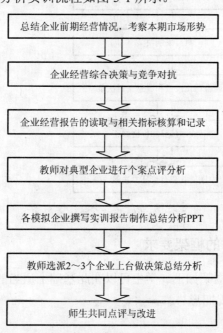

图 5-1　周期经营决策与总结分析实训流程

2. 实训要求

纪律要求：不搞商业间谍活动，不制造烟雾弹，不影响他人决策。

合作要求：企业经营决策团队相互分工与合作，禁止由某个成员包干，其他成员顺便搭车。

课时要求：3 学时，前 2 个学时进行经营决策、报表读取和指标核算，第 3 学时（下一次课）进行学生上台总结分析。

作业要求：撰写实训报告，制作总结分析 PPT。

三、企业经营综合决策的思路（流程）

企业经营综合决策流程图如图 5-2 所示。

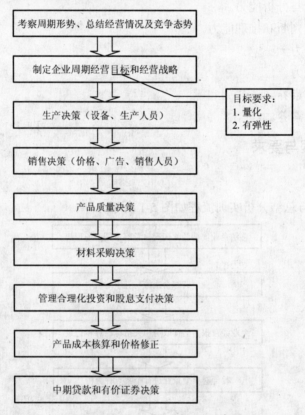

图 5-2　企业经营综合决策流程图

四、总结分析 PPT 的框架要求

总结分析 PPT 的大体框架如下。学生可以在此基础上适当的发挥与创新。

（1）行业竞争态势与周期形势。

（2）周期经营目标。

（3）周期经营战略。

（4）经营目标达成情况。

（5）周期经营的成功与不足之处。

课件的幻灯片张数在 8 张左右，适合大约 8 分钟的总结演讲。

五、实训成绩的评定

1. 企业经营周期成绩

企业经营周期成绩由仿真系统根据教师设定的指标权重及经营情况给定，占本次实训成绩的 50%，需从系统给出的百分制转换为十分制。

2. 实训报告成绩

实训报告成绩由教师根据学生实训报告的撰写情况从两个方面进行评定，一是指标核算与记录情况（实训报告的第一部分），二是总结分析报告质量（实训报告第二部分）。每部分满分为 5 分，两部分满分为 10 分。

3. 总结分析课件与演讲成绩

总结分析演讲是教师每周期指定 2～3 个企业小组进行的，所以，本部分成绩只要记录指定企业即可，采用十分制，具体的打分标准详见本章第二节中《企业经营总结报告评分表》。

周期经营决策与总结分析实训报告

第___周期经营业绩报告

本周期经营决策数据及业绩指标（注意指明各指标单位）					
一般市场产品价格		销售人员雇用数		产品质量等级	
广告费用		E产品计划产量		E产品实际产量	
E产品的销售额及销量		原材料购买量		附件购买量	
产品改进费用		订单产品类型数量及价格		生产线投资或变卖数	
维修保养费用及系数		生产合理化投资及系数		生产人员招收或辞退数	
机器人数量		社会福利费用（%）		管理合理化投资额	
E产品的理论市场占有率		E产品的实际市场占有率		计划支付股息	
总销售收入		生产经营成本		息税前利润	
税前利润		未分配利润总额		总资产	

设备、生产人员的负荷状况							
生产线条数		实际生产能力		所需生产能力		生产线负载率	
自然人生产人员		所需生产人员		生产人员负载率		科研人员数量	

库存、成本及相关财务指标状况					
原材料库存量		附件库存量		E产品库存	
E产品的行业平均库存		E产品的单位制造成本（加权）		E产品的单位变动成本	
一般市场E产品的单位成本		本周期利息费用		已获利息倍数	
中期贷款		透支贷款		资产负债率	
总资产报酬率		净资产报酬率		流动比率		速动比率	

注：上述指标中加下画线的表示在预算时就可以填写的，其余的在系统仿真决算后填写。

本周期经营总结

总结可以从以下方面展开：

1. 结合周期形势与企业上周期经营情况，本企业在期初制订的经营目标是什么？拟采用何种经营战略和销售策略来实现此目标？

2. 期末各重要指标分别是多少？如市场占有率、库存、销售量及销售收入、总盈亏累计等。

3. 比较分析期末的各项指标，判断是否达成期初制订的经营目标？如果目标达成有偏差，原因何在？下周如何调整？

执笔人		成绩评定	

企业经营决策仿真实训报告

班　　级＿＿＿＿＿＿＿＿＿＿

企业名称＿＿＿＿＿＿＿＿＿＿

团队成员＿＿＿＿＿＿＿＿＿＿

＿＿＿＿年＿＿＿月

企业基本情况一览表

企业名称		注册资金	
所属行业		法人代表	
固定办公场所		企业性质	
企业的宗旨			

企业主要管理成员、职务和分管工作		
成员姓名	职　务	分　管　工　作

企业主要产品及特点说明	
产品名称	基本特性（包括对应的市场、单位的人工、材料、设备消耗指标等）
E	
B	
I	

第____周期经营业绩报告

本周期经营决策数据及业绩指标（注意指明各指标单位）					
一般市场产品价格		销售人员雇用数		产品质量等级	
广告费用		E产品计划产量		E产品实际产量	
E产品的销售额及销量		原材料购买量		附件购买量	
产品改进费用		订单产品类型、数量及价格		生产线投资或变卖数	
维修保养费用及系数		生产合理化投资及系数		生产人员招收或辞退数	
机器人数量		社会福利费用（%）		管理合理化投资额	
E产品的理论市场占有率		E产品的实际市场占有率		计划支付股息	
总销售收入		生产经营成本		息税前利润	
税前利润		未分配利润总额		总资产	

设备、生产人员的负荷状况							
生产线条数		实际生产能力		所需生产能力		生产线负载率	
自然人生产人员		所需生产人员		生产人员负载率		科研人员数量	

库存、成本及相关财务指标状况							
原材料库存量		附件库存量		E产品库存			
E产品的行业平均库存		E产品的单位制造成本（加权）		E产品的单位变动成本			
一般市场E产品的单位成本		本周期利息费用		已获利息倍数			
中期贷款		透支贷款		资产负债率			
总资产报酬率		净资产报酬率		流动比率		速动比率	

注：上述指标中加下画线的表示在预算时就可以填写的，其余在系统仿真决算后填写。

本周期经营总结

总结可以从以下方面展开：

1. 结合周期形势与企业上周期经营情况，本企业在期初制订的经营目标是什么？拟采用何种经营战略和销售策略来实现此目标？

2. 期末各重要指标分别是多少？如市场占有率、库存、销售量及销售收入、总的盈亏累计等。

3. 比较分析期末的各项指标，判断是否达成期初制订的经营目标？如果目标达成有偏差，那么原因何在？下周如何调整？

执笔人		成绩评定	

第二节　综合性实训项目设计

综合性实训项目是以本课程教学中某一轮企业经营决策的总结分析为出发点,通过设计源于职业岗位典型工作任务的强仿真性、高参与度、适度挑战性的运作项目,以项目为载体开展综合实训,来对学生的相关专业技能与素养进行一站式协同训练。经过多年的教学实践和反复修改设计,最终我们把项目定型为"××行业高峰论坛模拟筹办"。该项目在第三届全国实践教学竞赛专业建设方案设计项目中获得三等奖。现将项目实施的主要指导文件及相关文档展示给大家,与全国各高校同行分享。

（1）行业高峰论坛筹办项目指导手册（项目实施的纲领性文件）。

（2）学生设计的筹办方案示例:数码行业高峰论坛筹办策划方案（供参考）。

行业高峰论坛筹办项目

指

导

手

册

班级：_____

组名：_____

成员：_____

目　录

一、项目的设计理念

以学生为主体筹办一次行业高峰论坛是一个大型的综合性项目，把其设计成为管理、营销类专业二年级的课程综合实践是基于以下考虑：

（1）以高峰论坛筹办为载体，综合了论坛承办权投标、论坛营销、论坛会场设计与布置、论坛广告位拍卖、论坛发布、接待、主持、影像、安保等项目运作的实训环节，使工商企业管理专业的职业核心技能和素养得到了一站式的综合演练和提升。

本项目设计的出发点是管理或营销专业的职业核心能力课程——企业经营决策仿真实训，课程通过专业的仿真软件和局域网构建激光打印机行业中众多的竞争企业，学生分组搭建企业的管理团队，就企业的市场营销、生产与采购、人事与研发、财务与仓储等方面进行科学的决策，然后，仿真软件对各企业进行模拟竞争，输出竞争结果。整个教学过程中要进行几轮模拟经营竞争，课程的总体教学目标是使学生掌握企业经营决策的基本思路与技能，学会阅读企业的各类报表，能计算各类业绩指标，能根据指标数据分析经营的成败之处并及时调整经营策略，培养学生用数据说话的理性分析能力、快速反应能力、演讲表达能力、Office 软件操作技能与团队合作精神，为学生最终走上管理岗位提供可持续发展的动力。为了更好地达成教学目标，要求每个模拟企业的管理团队，从行业与市场的演化及企业自身经营策略的角度，对企业整一轮的经营进行总结。以往我们的教学方法是：

① 每个企业撰写一份七周期总结报告。

② 每个企业派一名代表上台总结演讲。

③ 教师与学生就报告内容与演讲进行点评。

这种教学方法的弊端是：

① 学生没有压力和兴趣，没有体现学生主体地位。

② 形式主义走过场，完成任务而已。

③ 搭便车严重，未能全员参与。

为了克服以上的弊端，使整个总结过程具有逼真的职场氛围，我们把它设计成为模拟召开一次行业高峰论坛，让几个典型的企业在论坛上进行经营的总结发布，并对其进行评比和评奖，其他企业（论坛承办商）分别负责论坛的营销、场地设计与布置、接待、安保、主持、影像等工作，各个企业各司其职，共同举办这次高峰论坛。以这样的项目为载体进行的综合性实训，不但训练了《企业经营决策仿真实训》课程中的基于数据的理性分析能力，同时，也训练了《企业运作实务》中的会务操办能力、《客户沟通技巧》中的沟通表达能力、《CIS 企业形象设计》中的对企业形象进行设计和维护的能力，《商务礼仪》中的个人形象和仪表技能，真正体现了课程综合实践的真谛。

（2）该项目是当今企业经营和运作中非常具有典型意义的项目，因而具有以点带面的作用。从某种程度上看，现实中企业的经营管理工作，就是在做项目管理，只不过项目类型和大小不同，有的项目涉及的人员、部门和相关合作伙伴较多，有的则相对较少。举办一次行业高峰论坛是一个涉及面非常广的综合性项目，学生通过切身策划和操办本项目，必然起到以点带面的作用，为其未来的岗位胜任力奠定坚实的基础。

（3）该项目充分遵循了"任务驱动、项目导向、学生主体、能力本位"的指导思想，

对提高学生的职业岗位能力和素养有重要的促进作用。

本项目以筹办高峰论坛项目为导向,以项目运作过程中的各个流程任务为驱动,全过程秉承"教师搭台、学生唱戏、必要协调"的原则,以训练学生的各个职业技能与素养为根本。为了调动学生的参与热情、提升论坛的职场氛围,本论坛要根据各企业经营业绩给予专项资金支持。

高峰论坛筹办项目整体运作的课时预计需要 8~10 天(5 课时/天),故本项目可以作为工商企业管理、市场营销和行政管理等专业的综合实践。

二、项目运作流程

行业高峰论坛筹办流程

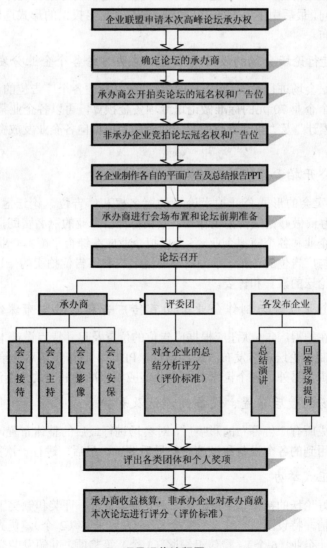

项目运作流程图

论坛的主要运作流程及相关事宜如下。

1. 论坛主办方向模拟企业就高峰论坛的承办权进行招标

论坛的主办方可以是二级学院或专业小组，要求模拟企业联合承办本次论坛，联合规模控制在3～5个企业，大约15名学生，并要求各企业联盟在3天内提交论坛承办的策划书，同时，主办方应声明中标的主要依据是论坛赞助资金数量、论坛策划方案的质量及其标的价。

2. 确定高峰论坛的承办商

论坛主办方召集所有模拟企业，宣布到截止日期共收到的论坛承办策划方案（标书）及其对应的企业联盟情况，并要求企业联盟派代表对他们的方案及优势进行公开的演说，各个企业可以提问，最后由主办方成员（教师）通过无记名投票的形式选出论坛的承办商，并向全体企业公布。

3. 承办商进行论坛会场的设计与布置，主办方给各个企业分发论坛专项资金

承办商对论坛会场进行设计，制作平面示意图，并标注各个广告位的详细位置与尺寸。论坛主办方按每个企业70元的标准做论坛专项资金预算，再以各企业某一轮经营决策最终的"总的盈亏累计"及"累计支付股息"两者和为依据向各企业发放资金，两者和越大所得资金就越多。

4. 承办商公开拍卖论坛的冠名权和广告位

承办商以拍卖会的形式公开拍卖论坛的冠名权和广告位。论坛冠名权拍卖面向现实企业，要求承办商做好论坛营销工作，争取获得社会企业的冠名赞助，会场的各个广告位拍卖面向现实企业和各个模拟企业，各个模拟企业应在综合平衡本企业获得的专项资金用途的基础上参与广告位的竞拍。承办商享有冠名权和广告位拍卖的一切所得。另外，承办商应邀请出席论坛的嘉宾和评委。

5. 非承办企业设计与制作企业平面宣传广告和总结发布课件

非承办企业在拍得广告位后，应根据广告位的位置及尺寸特点设计本企业的论坛用平面宣传广告，并制作论坛总结发布演说用课件（PPT）。制作完毕后交给承办方，由承办方统一彩喷和编辑。另外，各个论坛发布企业还应积极准备届时的总结演讲。

6. 论坛会场的最后布置、设备的调试及彩排

承办商在完成所有广告幕布的彩喷后，对会场进行最后的整体布置，确保整体氛围的逼真性，对论坛用到的各个设备和设施进行最后调试。最后，进行一次简单的彩排。

7. 论坛的正式举办

承办商要做好论坛的接待、主持、影像、安保、评分、评奖和颁奖工作，为了充分调动学生的参与热情，特设团队合作奖（3个），个人风采奖（2个），优秀课件制作企业4个，优秀平面设计企业（6个），最佳组织奖（1个）等奖项，并颁发荣誉证书和奖金。各个论坛发布企业要派1～2名成员上台展示自己企业并进行经营总结演说，同时，接受评

委提问和点评（注：评委由承办商选定，须包含三名学生评委）。各论坛发布企业此项得分是其课程综合实践最终成绩的主要依据。

8. 论坛承办情况总结

承办商对本次论坛的承办情况向各个模拟企业进行总结，各模拟企业对其进行点评和打分，这项得分是本次课程综合实践承办商最终成绩的主要依据。另外，要求承办商和各个非承办企业编制资金来源与运用表，并撰写实训报告。

三、项目的考核标准

为了增强学生在实训过程中的责任意识，让学生尽可能地投入与参与到本次实训中，达成本项目设计的目标，本方案详细地设计了论坛各部分工作的考核标准，以此对承担相应工作的企业进行考核。考核标准如下。

（一）论坛发布企业的经营总结报告考核标准

（1）演讲表现（20分）（评比个人风采奖的依据）。

◆ 神情饱满，仪表大方（5分）（好：5分，较好：4分，一般：3分，其他1～2分）

◆ 口齿清晰（5分）（好：5分，较好：4分，一般：3分，其他1～2分）

◆ 语调抑扬顿挫（5分）（好：5分，较好：4分，一般：3分，其他1～2分）

◆ 体态自然，没有小动作（5分）（好：5分，较好4分，一般：3分，其他1～2分）

（2）课件质量（30分）（评比优秀课件制作企业的依据）。

◆ 格式符合规定要求（5分）（每缺一项扣1分）

◆ 内容符合规定要求（15分）（每缺一小项扣1分）

◆ 格式与内容有创新（10分）（每多一项创新加3分，最高10分）

（3）分析总结针对性和准确性（30分）。

◆ 结合各张图表分析正确合理（10分）（正确合理：10分，较正确合理：7分，一般：6分，其他1～5分）

◆ 成功与失败之处明确，且原因分析正确到位（15分）（明确到位：15分，较明确到位：12分，一般：10分，其他1～9分）

◆ 心得与体会真切深刻（5分）（真切深刻：5分，较真切深刻：4分，一般：3分，其他1～2分）

（4）团队合作情况（20分）（评价团队合作奖的依据）。

◆ 团队出场有组织（5分）（有组织且有创意：5分，有组织较有创意：4分，有组织无创意：3分，无组织1～2分）

◆ 演讲与PPT翻滚配合默契（5分）（默契：5分，较默契：4分，一般：3分，其他1～2分）

◆ 回答提问时演讲者与后援团配合默契（10分）（默契：10分，较默契：8分，一般：7分，其他6～1分）

（二）论坛的营销工作考核标准

（1）论坛冠名权落实情况（20分）

有企业冠名并提供资金赞助得满分，只冠名不提供资金赞助酌情得分。

（2）参与论坛发布的企业数量（15分）

达到15家发布企业得满分，达到10家及格。

（3）企业赞助的论坛横幅数量（15分）

达到三条横幅得满分，一条5分。

（4）广告位拍卖情况（40分）

90%以上的广告位拍卖完毕得满分，75%卖完，得30分，不到一半不及格。

（5）到场的嘉宾数量（10分）

嘉宾是指领导、老师或企业管理人员，达到5个，得满分，3个得7分。

（三）论坛场地布置工作考核标准

（1）场地氛围的仿真性（40分）

有接待签到处、有休息甜点区，主体布置逼真且错落有致，得满分，其余酌情得分。

（2）广告位的视觉效果（30分）

广告位有张力，能吸引眼球，得满分，其余酌情得分。

（3）场地布置的科学性（30分）

场地整体布置有利于论坛的正常进行，不出现不可控情况得满分，其余酌情得分。

（四）论坛主持、评分、影像工作考核标准

1. 论坛主持情况（40分）

主持流畅，气氛热烈，能应对突发事件，得满分，其余酌情得分。

2. 论坛评分和颁奖情况（40分）

评分颁奖有序，不出突发事件，得满分，其余酌情得分。

3. 论坛影像情况（20分）

对开幕式、嘉宾或领导致辞都全程拍摄，且视觉效果好，得满分，其余酌情得分。

（五）论坛接待与安保考核标准

1. 签到情况（10分）

有各企业代表和嘉宾签名。

2. 人员引流的情况（20 分）

人员到场后有人引流入座。

3. 嘉宾的茶水能及时补给（20 分）

4. 现场的秩序性（30 分）

不能经常有人员流窜，现场不能嘈杂。

5. 防范性的安全措施（20 分）

是否有基本的急救药品和灭火设备。

四、项目注意事项

（1）本次论坛的承办商，有 3～5 个企业结盟竞标获得（需要支付一定的费用，但可以享受本次论坛举办的一切收益）。

（2）每个企业至少竞拍承办商提供的广告位 1 个，经费从各个企业的活动经费中列支，承办企业可以自己选择广告位，无须费用。

（3）每个企业在拍得相应大小的广告位后，根据大小设计自己企业的宣传广告，并汇总给承办企业进行统一写真喷绘。

（4）除承办商外，每个企业必须按规定的要求制作总结分析 PPT。

（5）论坛召开时，每个企业总结演讲，演讲时间共 15 分钟，其中陈述时间为 10 分钟，另外 5 分钟为评委提问和回答时间。

（6）未尽事宜请咨询指导教师。

五、项目文档要求

项目结束后需要提交归档的文档如下。

（1）各企业联盟提交的论坛承办权标书。

（2）承办商提交的整个项目的资金来源与运用表、论坛承办总结报告、各企业的平面宣传彩喷广告页。

（3）除承办商外，各模拟企业提交的企业经营总结分析课件、资金来源与运用表及本次实训总结报告。

六、附件

附件 1：企业经营总结报告课件框架
附件 2：企业经营总结报告评分表
附件 3：行业高峰论坛筹办日程表

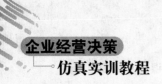
附件1：企业经营总结报告课件框架

企业经营总结报告 PPT 框架

1. 企业简介

（1）历史沿革。

（2）管理团队。

（3）产品展示。

（4）组织架构。

（5）经营理念和 VI。

2. 7 周期经营业绩数据（以图表表示，相应的点都要标注数据）

（1）7 周期 E 产品市场平均价格与本企业价格对照图（用以分析每周期企业价格战略是否实现）。

（2）7 周期市场平均广告费用与本企业广告费用对照图（用以分析每周期企业销售策略是否合理）。

（3）7 周期市场平均销售人员与本企业销售人员对照图（用以分析每周期企业销售策略是否合理）。

（4）7 周期 E 产品平均销售量与本企业销售量对照图（用以分析每周期企业销售目标是否实现及自己在行业中的位置）。

（5）7 周期 E 产品平均库存与本企业库存量对照图（用以分析本企业库存水平）。

（6）7 周期本企业总销售收入折线图。

（7）7 周期本企业一般市场理论和实际市场占有率对照图（用以分析本企业是否有缺货损失）。

（8）7 周期市场平均生产能力与本企业生产能力对照图（用以分析本企业在行业中的规模层次）。

（9）7 周期本企业税前利润和总盈亏累计（总利润储备）图。

（10）7 周期本企业中期贷款和透支贷款图。

（11）7 周期本企业股息支付与市场平均支付对照图。

3. 7 周期经营的成败分析

从内外两个方面分析，外部主要分析市场环境的变化和竞争对手的竞争手段，内部主要分析本企业制定经营策略及成败。

4. 企业经营的心得与体会

总结在做完多轮企业决策后对企业经营、行业竞争、团队合作方面的感受。

注：课件 PPT 在 30 张左右，至少 20 张。

附件2：企业经营总结报告评分表

企业经营总结报告评分表

企业名称：＿＿＿＿＿＿＿＿＿＿＿＿＿

演讲情况(20分)				课件质量(30分)			分析的针对性与合理性(30分)			团队合作(20分)		
神情饱满(5分)	口齿清晰(5分)	语调顿挫(5分)	身体语言(5分)	格式要求(5分)	内容要求(15分)	创新要求(10分)	图表分析(10分)	成败分析(15分)	心得体会(5分)	出场组织(5分)	演讲配合(5分)	回答配合(10分)
该项得分				该项得分			该项得分			该项得分		
总得分							备　注					

附件3：行业高峰论坛筹办日程表

行业高峰论坛筹办日程表

日期＼内容		承 办 企 业	参 会 企 业	指 导 教 师	地　点
	上午		项目启动、运作介绍，任务分配		
	下午		熟悉项目，组建准承办商		
	上午	论坛项目运作机制建立（架构和分工）	参会项目运作机制建立（架构与分工）		
	下午	论坛承办策划、制作标书（策划书）	企业经营决策总结分析 PPT 的制作		
	上午	论坛承办策划、制作标书（策划书）	企业经营决策总结分析 PPT 的制作		
	下午	论坛承办权投标	企业参会用宣传平面广告的设计		
	上午	论坛承办权竞标演说，确定承办商	参与承办商的选择		
	下午	会场设计布置、论坛营销等前期工作	企业参会用宣传平面广告的设计		

续表

日 期 内 容		承办企业	参会企业	指导教师	地 点
	上午	会场设计布置、论坛营销等前期工作	企业经营决策总结分析 PPT 的制作		
	下午	会场设计布置、论坛营销等前期工作	企业经营决策总结分析 PPT 的制作		
	上午	会场广告位设计与标志	企业参会用宣传平面广告的设计		
	下午	广告位竞拍会筹备	参与广告位竞拍筹备（资金规划）		
	上午	广告位拍卖会召开	参与广告位竞拍		
	下午	策划邀请论坛的主持与嘉宾评委	宣传页的细化设计并提交承办商		
	上午	宣传页统一彩喷，会场细化布置	企业经营决策总结分析 PPT 定稿		
	下午	落实论坛的接待、安保、影像、主持工作	模拟演练论坛演讲与配合		
	上午	论坛正式召开	参与论坛发布演讲		
	下午	论坛正式召开	参与论坛发布演讲		
	上午	论坛举办总结、赢利核算	企业参会总结		
	下午	会场清理	资金运用核算		

数码行业高峰论坛筹办策划方案

主 办 方：浙江经济职业技术学院

　　　　　　管理技术学院

承 办 方：杭州信达科技股份有限公司

团队成员：陈　东　　蒋晨曦　　张锐杰　　何国剑

　　　　　　吴立森　　金新学　　钟　跃　　杨　帆

　　　　　　郑琼妮　　卓茜茜　　杨　虹　　陈胜利

　　　　　　杨玲玲　　陈　芳　　俞佳萍　　叶伉俪

　　　　　　糜奇晓

二○一○年六月

前　　言

行业高峰论坛筹办是一个大型的综合性项目,该项目综合了会务营销、会务场地布置、会务接待、会务现场控制、会务内容设计与组织、会务安保和影像等众多环节。行业高峰论坛筹办项目设计的出发点是《企业经营决策仿真实训》课程教学。该课程通过专业的仿真软件和局域网构建激光打印机行业中众多的竞争企业,学生分组搭建企业的管理团队,就企业的市场营销、生产与采购、人事与研发、财务与仓储等方面进行科学的决策,然后仿真软件对各企业进行模拟竞争,输出竞争结果。整个教学过程中要进行几轮模拟经营竞争,课程的总体教学目标是使学生掌握企业经营决策的基本思路与技能,学会阅读企业的各类报表,能计算各类业绩指标,能根据指标数据分析经营的成败之处并及时调整经营策略,培养学生用数据说话的理性分析能力、快速反应能力、演讲表达能力、Office 软件操作技能与团队合作精神,为学生最终走上管理岗位提供可持续发展的动力。尤其是近几年来,金融危机席卷全球,大学生的就业面临更加严峻的挑战。高峰论坛筹办项目为学生搭建了一个展示自己的平台,通过这个平台,不断锻炼自己,充实自己,为以后的人生打下更加扎实的基础。此次的高峰论坛本着"学生主体,就业导向,企业参与,能力本位"的指导思想,对提高学生的职业岗位能力和素养有着重要的促进作用。

目 录

一、论坛主题

简洁复刻精彩，光速脉动未来！

二、论坛筹办时间

2010 年 6 月 7 日、6 月 17 日
具体活动时间：
① 会场广告位拍卖会——6 月 11 日
② 企业演讲选拔活动——6 月 12 日
③ 行业高峰论坛召开——6 月 17 日

三、活动地点

首选场地：实训大楼 4401
备选场地：根据论坛的营销情况，若参会企业和人员超过最大容量，则改为行政楼三楼报告厅（活动前两天确定到场人数）

四、高峰论坛的主承办单位及媒体支持

论坛主办单位：浙江经济职业技术学院管理技术学院
论坛承办单位：杭州信达科技股份有限公司
论坛媒体支持：浙江电视台钱江频道、学院电视台、学院摄影协会

五、主要活动安排

本次高峰论坛的筹办主要包括三部分：拍卖会、企业演讲的选拔活动及最后论坛的召开。

（一）拍卖会

1. 拍卖会具体流程

① 拍卖会主持人宣布拍卖会开始。
② 介绍来宾和拍卖会公证人员。
③ 介绍此次拍卖会的规则。
④ 宣读《竞买须知与拍卖规则》及《特别说明》。
⑤ 拍卖师主持拍卖。介绍标的基本情况。竞买人凭号牌竞价。
⑥ 拍卖竞标后，得标人有引导员带领办理有关手续。拍卖会结束后，竞买人到登记处退号牌和登记表，得标人签订《拍卖成交确认书》。

2. 前期准备

宣传活动——海报制作、场地布置、邀请公证人、会场广告位的设计与标识。

3. 活动规则

此次拍卖会广告位拍卖顺序依次由差到好进行拍卖；第一轮如果广告位没有全部拍卖完，则举行第二轮拍卖，如果全部一次性拍卖成功即结束此次拍卖活动，并签订《拍卖成交确认书》；第二轮拍卖后所剩余的广告位由本公司承担损失。

4. 签订合同

各企业在竞拍到各自的广告位之后与主办方签订合同，并合影留念。

5. 活动对象

《企业经营决策仿真实训》课程的模拟企业

6. 活动地点

实训大楼 4401

7. 活动时间

2010 年 6 月 11 日（星期五）上午 9:00—11:30

8. 拍卖会负责人与分工

负责人：蒋晨曦、糜奇晓

简要分工：主持人主持、公证人公证，承办方工作人员记录拍卖会过程、维持现场秩序、接待与会人员。

（二）企业演讲选拔活动

1. 目的与意义

由于高峰论坛的时间、规模、场地等各方面的限制，不能安排每个模拟企业在论坛上进行企业经营状况的总结分析报告，所以，只能在现有的 27 个企业中选拔 15 个企业上台与大家进行交流总结。通过此次选拔，让优秀的企业在高峰论坛期间充分展示自己，最终目的是与同学们分享在多次的仿真经营后，对企业经营、行业竞争、团队合作等方面的感受和对本课程的建议，为同学们最终走上管理岗位提供可持续发展的动力。

2. 活动对象

08 级企管一班、企管二班全体同学，共 27 个小组。

3. 活动时间

2010 年 6 月 12 日上午 8:30。

4. 活动地点

实训室 4401

5. 活动负责人

郑琼妮、陈胜利

6. 选拔规则

各小组代表上台进行总结分析，然后由评委打分，打分针对演讲情况、课件质量、分析的针对性合理性和团队合作这四项进行。选出前 15 家企业，进入最后的高峰论坛总评比。剩下的 12 个参赛队安排到高峰论坛的交流会上，进行经验的总结交流。

（三）行业高峰论坛召开（总负责人：吴立森）

1. 前期准备：（具体负责人：杨帆、蒋晨曦）
（1）活动宣传：横幅宣传（制作庆祝此次高峰论坛圆满成功的横幅）。
　　海报宣传：在学校张贴海报（内容为本次活动的时间及地点）。
　　传单宣传：向每个班级分发此次活动的宣传单。
（2）到场人员：评委（3 位学生评委，6 位专业老师评委），各参赛企业。
　　特邀嘉宾：学校领导、老师。
　　特邀主持人：金新学、郑琼妮。
（3）会场布置：确定嘉宾座位（桌签制作），会场装饰（气球、鲜花、彩带），各个广告位上悬挂各企业广告设计，准备茶水点心。
（4）论坛音像：主要负责本次峰会的音像插放及拍摄。
（5）礼仪接待：负责到场嘉宾的签名与引领嘉宾到指定座位。

2. 开幕式

（1）主办方致辞。
（2）嘉宾致辞。
（3）中小企业领导讲话。
（4）剪彩仪式（主办方代表、承办方代表、嘉宾出席）。

3. 赛程安排

（1）时间安排：
上午 8:30—11:30　8 个小组进行演讲，中间安排 20 分钟休息时间。
中午 11:30—13:30　午间休息。
下午 13:30—17:00　7 个小组进行演讲，中间安排 20 分钟休息时间。
（活动休息时间安排小游戏或者自由活动、茶歇时间）
（2）演讲规则：每个参赛小组有 15 分钟，其中，10 分钟演讲，5 分钟回答嘉宾评委提问。

4. 比赛方式

（1）计分方式：评委将分数评定完毕后，每三组一次，交由计分工作人员进行计分汇总。

（2）奖项设置：团队合作奖（3 个），个人风采奖（3 个），优秀课件制作奖（4 个），优秀平面设计奖（6 个），最佳组织奖（1 个）。

（3）嘉宾给得奖者颁发荣誉证书和奖金。

5. 颁奖仪式

由学院礼仪队礼仪小姐协助颁奖，颁奖嘉宾为届时在参会的老师，给每个获奖者颁发荣誉证书和奖金。

6. 合影留念：（负责人：张锐杰）

比赛环节和时间统计

项　目	时　间	备　注
主持人开场白	8:30—8:35	嘉宾介绍，特别注意介绍顺序
主办方嘉宾致开幕词	8:35—8:42	
主办方领导宣布论坛开幕	8:42—8:45	
数码行业知名企业高管做主题报告及互动	8:45—9:00	
模拟企业做总结分析演讲	9:00—10:05	
茶歇	10:05—10:20	
模拟企业做总结分析演讲	10:20—11:30	
午间休息	11:30—13:30	
模拟企业做总结分析演讲	13:30—14:30	
茶歇	14:30—14:45	
模拟企业做总结分析演讲	14:45—15:45	
现场助兴活动	15:45—16:00	承办方确定各个奖项得主
颁奖仪式	16:00—16:15	
主办方做论坛筹办总结	16:15—16:30	

六、经费预算

1. 承办商自有资金情况

论坛筹办自由资金一览表

序　号	企业名称	自有资金（元）
1	胜利集团优秀公司	85
2	杭州创鑫有限公司	103
3	信杰打印机有限公司	144
4	杭州欣欣电子科技有限公司	138
5	普令特科技有限公司	101
合　计		571

2. 论坛承办预期支出情况

论坛筹办预期资金支出表

项　目	预　算（元）	备　注
会场布置	50	气球、彩带、鲜花
剪彩	30	
资料复印	20	
茶点及午饭	350	盒饭、水果、点心、饮料
横幅	3×40＝120	3 条
宣传单	0.1×300＝30	300 份
荣誉证书	8×17＝136	17 本
承办商自身宣传	100	会场悬挂宣传广告纸
邀请函（请帖）	5×6＝30	6 张
总　计	866	

3. 论坛承办权竞标价格

论坛总收入＝571 元（企业自有资金）＋54 元（各参展企业费用 2 元/个）＋892 元广告投标＋1 100 元赞助费＝2 321 元。

论坛总支出：866 元。

利润＝总收入－总支出＝2 321－866＝1 455（元）。

承办权竞标价：1 000 元。

（竞标价是本公司以微利设定的，旨在全心全意为各企业服务。）

七、注意事项

① 本次峰会进行的各个环节必须遵纪守法，内容健康向上，评比活动要求客观、公平、公正、公开。

② 本次活动要求组织者和参与者之间相互配合，相互支持，接受活动组织者的统一调配及安排，保障活动的顺利完成。

③各筹备小组成员应认真对待自己所承担的每一项任务，耐心处理所遇到的问题，协助其他小组安排工作，主动帮助他们完成应该负责的项目。

④ 峰会当天工作人员必须佩戴各自的工作证。

⑤ 若遇突发情况，有关方面应立即通报活动组织者协商解决。

⑥ 安保问题：小组派成员负责整个活动的安保工作（包括现场的秩序、人员的引流、活动结束时的人员撤离）。

（安保主要负责人：糜奇晓、杨玲玲）

八、附件

附件1：各广告位的起拍价及示意图
附件2：评分表
附件3：竞买须知与拍卖规则（通则）
附件4：行业高峰论坛商业广告位租赁合同
附件5：企业盖章
附件6：会场布置平面图

附件 1：各广告位的起拍价及示意图

各广告位的竞标起拍价

论坛广告位根据其位置的优劣共分为 6 个区（A-F），各广告位的具体编号及价格如下：

A 区：独立展示区（每个广告位的面积：130cm×150cm）

编号 A-1：竞拍起价¥42 000 元（即 42 元）

编号 A-2：竞拍起价¥42 000 元（即 42 元）

B 区：实训室北墙内墙（每个广告位的面积：120cm×150cm）

编号 B-1：竞拍起价¥38 000 元（即 38 元）

编号 B-2：竞拍起价¥38 000 元（即 38 元）

编号 B-3：竞拍起价¥38 000 元（即 38 元）

编号 B-4：竞拍起价¥38 000 元（即 38 元）

C 区：实训室走廊（每个广告位的面积：120cm×140cm）

编号 C-1：竞拍起价¥32 000 元（即 32 元）

编号 C-2：竞拍起价¥32 000 元（即 32 元）

编号 C-3：竞拍起价¥32 000 元（即 32 元）

编号 C-4：竞拍起价¥32 000 元（即 32 元）

编号 C-5：竞拍起价¥32 000 元（即 32 元）

编号 C-6：竞拍起价¥32 000 元（即 32 元）

编号 C-7：竞拍起价¥32 000 元（即 32 元）

D 区：实训室走廊、北墙外墙、西墙中部（每个广告位的面积：110cm×130cm）

编号 D-1：竞拍起价¥28 000 元（即 28 元）

编号 D-2：竞拍起价¥28 000 元（即 28 元）

编号 D-3：竞拍起价¥28 000 元（即 28 元）

编号 D-4：竞拍起价¥28 000 元（即 28 元）

编号 D-5：竞拍起价¥28 000 元（即 28 元）

编号 D-6：竞拍起价¥28 000 元（即 28 元）

编号 D-7：竞拍起价¥27 000 元（即 27 元）

编号 D-8：竞拍起价¥27 000 元（即 27 元）

编号 D-9：竞拍起价¥27 000 元（即 27 元）

编号 D-10：竞拍起价¥27 000 元（即 27 元）

E 区：实训室北墙西墙（每个广告位的面积：100cm×120cm）

编号 E-1：竞拍起价¥24 000 元（即 24 元）

编号 E-2：竞拍起价¥24 000 元（即 24 元）

编号 E-3：竞拍起价¥24 000 元（即 24 元）

编号 E-4：竞拍起价¥24 000 元（即 24 元）

编号 E-5：竞拍起价¥24 000 元（即 24 元）

F 区：实训室化妆间墙壁（每个广告位的面积：110cm×120cm）

编号 F-1：竞拍起价¥18 000 元（即 18 元）

编号 F-2：竞拍起价¥18 000 元（即 18 元）

合计：892 元

会场广告位布置示意图

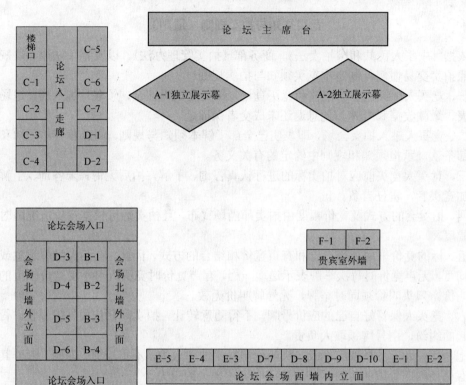

附件 2：评分表

组号												
得分选项	演讲情况（20分）				课件质量（30分）		分析的针对性和合理性（30分）			团队合作（20分）		
得分细项	神情饱满5分	口齿清晰5分	语调控制5分	身体语言5分	格式要求5分	内容要求15分	创新要求10分	图表分析10分	成败分析15分	心得体会5分	出场组织5分	演讲配合5分	回答问题10分
细项得分												
选项得分												
总得分												

附件3：竞买须知与拍卖规则（通则）

竞买须知与拍卖规则（通则）

依据《中华人民共和国拍卖法》、商务部《拍卖管理办法》，以及相关法律、法规规定并参照拍卖交易惯例，制定本竞买须知与拍卖规则。

一、竞买人须经过资格审核和竞买登记，预交竞买保证金，领取号牌入场。退场时凭登记表、缴款收据和号牌，无息退还未成交者保证金。

二、竞买人进入拍卖会场，即表明已全部了解本须知与规则，同意履行本须知和规则的全部条款，承担须知和规则中约定的有关义务。

三、竞买人竞买前应对拍卖标的进行认真咨询、了解，拍后无悔。未咨询、了解标的而参加竞买者，责任自负。

四、拍卖会的方式及竞价幅度由拍卖师当场宣布，且拍卖师可依据竞价情况随时调整竞价幅度。

五、标的竞价采用无声竞价和有声竞价相结合的方式，因此，竞买人举牌示意或口头叫价均可。无声竞价时每次举牌表示递增一档，有声竞价时竞买人可不受竞价幅度的限制自由叫价。口头叫价须同时举牌，无号牌叫价无效。

六、竞买人保管好自己的应价号牌，不得随意转让，拍卖师只依据号牌报价。否则由此引起的纠纷，由号牌领取人负责。

七、竞买人一旦举牌应价或口头叫价即发生法律效力，不得反悔、撤回。除非其他竞买人有更高的应价或叫价时，该应价或叫价才丧失约束力。

八、竞买时，拍卖师对竞买人的最高应价或叫价采用三声报价制。当竞买人的最高应价或叫价已达到或超过底价，并为拍卖师所接受且无人再加价时，拍卖师以击槌方式表示成交。击槌前竞买人举牌应价或报价有效，击槌后无效。

九、拍卖成交后，买受人应当场签署《拍卖笔录》，并随后与拍卖人签订《拍卖成交确认书》。《拍卖笔录》与《拍卖成交确认书》是对拍卖成交的书面确认，不影响拍卖业已成交的法律效力，两份文书共同构成一份完整的买受合同。买受人成交后不得反悔，若有反悔，除所付保证金不予退还外，买受人还须承担《中华人民共和国拍卖法》有关再次拍卖条款中所规定的责任。

十、拍卖成交后，买受人所付竞买保证金自动转为全部佣金和部分价款。依据有关法律、法规和湖南省拍卖行业协会关于拍卖佣金收取标准的规定及双方约定，收取拍卖佣金。

十一、买受人如不能当场结清的，应在成交确认书约定的日期内支付完全部价款及买家佣金。否则视为买受人放弃成交，所付保证金不予退还。

十二、标的交付过程中发生的税费和未知费用的承担，按照《拍卖标的简介与特别说明》中的规定办理。

十三、拍卖人所做的《标的简介与特别说明》，以及竞买人向本公司出具的《竞买承诺书》亦为本竞买须知条款之一。

十四、遵守场内秩序，注意文明礼貌。竞买人之间不得恶意串通竞价，不得采取威胁、恐吓等手段胁迫他人竞价，违者将承担相关法律责任。

附件 4：行业高峰论坛商业广告位租赁合同

广告位租赁合同

甲方（承租方）：＿＿＿＿＿＿＿＿＿＿＿＿＿ 联系人＿＿＿＿ 电话＿＿＿＿＿＿＿＿

乙方（出租方）：＿＿＿＿＿＿＿＿＿＿＿＿＿ 联系人＿＿＿＿ 电话＿＿＿＿＿＿＿＿

　　根据《中华人民共和国合同法》、《中华人民共和国广告法》及其他法律、法规之规定，在平等、自愿、协商一致的基础上，甲乙双方就本广告位的租赁达成如下协议：

　　一、乙方租赁甲方广告位所处位置：＿＿＿＿＿＿＿＿＿＿。

　　二、乙方租赁甲方广告位时间：＿＿年＿＿月＿＿日＿＿时起至＿＿年＿＿月＿＿日＿＿时止。

　　三、乙方租赁甲方广告位价款：

　　乙方租赁甲方广告位租金总金计：＿＿＿＿＿元，大写＿＿＿＿＿。

　　四、缴纳方式：

　　乙方租金缴纳方式为即时付清，即在合同生效后付清全款，缴纳地点为＿＿＿＿＿＿＿。

　　五、甲乙双方的权利与义务：

　　（一）甲方权利

　　1. 按照本合同的约定向乙方收取租金。

　　2. 对乙方发布的广告形式、内容进行监督，有权要求乙方对不符合有关法律、法规、政策，以及有损甲方公路形象的广告内容及形式进行改正。

　　3. 对乙方发布的广告因自然等原因发生破损的，有权要求乙方及时修复。

　　（二）甲方义务

　　甲方应在本合同生效后及时将乙方租赁的广告位提供给乙方。

　　（三）乙方权利

　　在本合同租赁期内，有权按照相关约定正常使用广告位发布广告。

　　（四）乙方义务

　　1. 按合同约定的时间、数额支付租金给甲方。

　　2. 自行对其发布的广告内容负责。因广告内容造成的侵权或其他法律责任，由乙方独自承担，与甲方无关。

　　3. 负责按照甲方审批的规格设计、制作、喷绘和安装广告画面，并承担费用。

　　4. 租赁期内，未经甲方允许，乙方不得私自改变广告位置。

　　5. 租赁期内，因广告设施造成的第三人的人身、财产损失由乙方独自承担一切法律责任，与甲方无关。

　　六、违约责任

　　甲乙双方任何一方违反合同规定擅自终止履行合同，违约方应向守约方支付本合同价

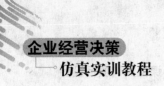

款总额 100%的违约金。

（一）甲方责任

甲方因广告位审批出现问题，导致广告不能正常发布，甲方按比例返还乙方承包费用。

（二）乙方责任

1. 乙方未按本合同的约定向甲方支付租金，每逾期一日乙方向甲方支付应付租金总额 20%的滞纳金，超过一个月视乙方违约，甲方有权解除合同，广告牌所有权归甲方所有，乙方应赔偿由此给甲方所造成的一切损失。

2. 乙方擅自转让、转租广告位或未按本合同规定的用途使用广告位，甲方有权解除本合同，乙方应赔偿由此给甲方造成的一切损失，并向甲方支付本合同价款总额 50%的违约金。

七、争议的解决

在本合同内发生合同纠纷，甲、乙双方根据合同法等法规协商解决。如双方不能协商解决，可依法向人民法院提起诉讼。在纠纷未处理之前，双方不得违反本合同。不管何种原因，合同未依法终止前乙方必须按时向甲方交纳租赁金及其他应交费用。

八、其他

1. 因自然灾害等不可抗力及国家法律、法规、政策及甲方上级部门的规定、命令等原因致使本合同项下的广告位不能出租，本合同即行解除，双方互不承担违约责任，乙方按实际租期向甲方支付租赁费。

2. 本合同未尽事宜，由甲乙双方另行签订补充协议，补充协议与本合同具有同等的法律效力。

3. 本合同一式两份，每式共叁页，甲、乙双方各执一份。自甲、乙双方当事人签字之日起即具有法律效力。

甲方（签名）：   乙方（签名）：

日期：_____年_____月_____日   日期：_____年_____月_____日

附件 5：企业盖章

企业印章

注：

企业名称：杭州信达科技股份有限公司

"信达"——诚信通达，讲诚信，任何事都能一路畅达

附件 6：会场布置平面图

会场布置平面图

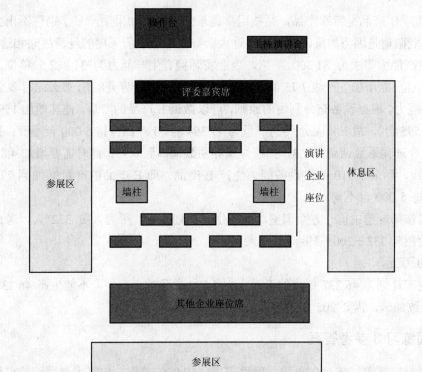

参 考 答 案

巩固练习 1 参考答案

1. 价格决策的主要步骤包括：明确定价目标；明确产品的需求价格弹性；估计产品成本，选择定价方法；预测市场平均价格和个别重点竞争企业的价格；最终定价。

2. 由于仿真系统模拟的是一个产品高度同质化的激光打印机行业，所以，企业所能采用的竞争战略主要是成本领先战略，即通过规模经济来降低企业产品的成本，从而获得竞争优势。故有三种战略可供选择：大规模、低价格、低质量的经营战略；中等规模、中等价格、中等质量的经营战略；小规模、高价格、高质量的经营战略。

3. $4.5×10^7$ 元，$5.4×10^7$ 元，由于此预测没有考虑竞争对手的策略和自身在行业中的地位，故一般情况下销售额会小于此数，此处估计为 $5×10^7$ 元。

4. 销售人员总费用为 $2.5×10^6$ 元，可以雇用销售人员约 72 人。

5. 总的产品质量改进费用为 $4×10^6$ 元，减去 100 万元的产品改进费用，还剩 $3×10^6$ 元可以用于雇用科研人员，原有 6 名，费用为 54 万元，可以招约 25 名科研人员。

巩固练习 2 参考答案

1. 因为 B 产品是特殊产品，是按用户需求定制的，如果生产多了销售不出去会占用资金，只能微调是因为如果调整的幅度过大会导致与企业所采用的经营战略相违背。

2. 生产能力需求为 81 300 单位，企业实际拥有生产能力为 31 882.5 单位，缺口为 49 417.5 单位，需增加生产线 7.75 条。因为与 8 比较接近，故购买 8 条，那么此时多余 1 594.5 单位生产能力，根据设备充分利用的原则，可以微调 E 产品的产量，使其增加 1594 台（注意不是 1 595 台），故 E 产品最终的产量为 77 394 台，I 产品保持 5 000 台不变；另外也可以把生产合理化系数调高到 1.3，把维修保养系数调高到 0.98，此时需要增加 4.82 条，即 5 条生产线，剩余 1 510 单位设备能力生产 E 产品，即 E 产品的产量增加到 77 310 台，I 产品保持 5 000 台不变。

3. 若按第一题中前一方案调整，则原生产计划不变，所需人员 332 人，考虑到流走 19 人，故招聘 332－200＋19＝151（人）。

4. 60 万元。

5. 生产计划为 46 237 单位的 E 产品、4 500 单位的 I 产品，不能生产 46 238 单位，否则会导致加班，需要 205 名生产人员。

巩固练习 3 参考答案

1. 原材料需求：68 000 单位，附件需求：60 000 单位，按需求量采购的单价分别为

70 元和 150 元，上调一挡为 60 元和 140 元。第一方案原材料的总成本费用为 68 000×70 × （1＋11%）（元），其单位成本为 70×（1＋11%）＝77.7（元）；第二方案第一年原材料 的总成本费用为 70 001×60×（1＋11%）元，剩余的 2 001 单位还会产生利息费用为 2 001 ×60×11%（元）。第二方案原材料的单位成本为 66.79 元，小于 77.7（元），所以，第二 方案好。

第一方案附件的总成本费用为 60 000×150×（1＋11%），其单位成本为 150×（1＋ 11%）＝166.5（元）。

第二方案第一年的总成本费用为 70 001×140×（1＋11%），剩余 10 001 单位还会产 生利息费用为 10 001×140×11%，所以，第二方案附件的单位成本为 157.6 元，小于 166.5 元，故第二方案好。

2. 先进先出：5 000×18＋5 000×14＝160 000（元）。

后进先出：10 000×14＝140 000（元）。

加权平均：10 000×14.8＝148 000（元）。

巩固练习 4 参考答案

从企业的资产负债表可得，该企业的自有资金为 4＋1＋6.38＋0.81＝12.19（百万元）。

故该企业的中期贷款利率包括两个，分别是自有资金一倍以内的 9% 及自有资金一倍 与两倍间的 11%，数额分别为 12.19×9%＝1.10（百万元），（19－12.19）×11%＝0.75（百 万元）。

企业长期贷款的利息为 6×8.2%＝0.49（百万元）。

透支贷款的利息为 4.66×15%＝0.70（百万元）。

故企业当期的利息费用为 1.10＋0.75＋0.49＋0.70＝3.04（百万元）。

巩固练习 5 参考答案

1. 单位产品成本 325 元，单位变动成本 290 元，单位固定 35 元，价格最低限 290 元。
2. 50 元/件，75 元/件，100 元/件。

巩固练习 6 参考答案

1. 产品的单位成本与单位制造成本之间相差的是期间费用，因期间费用是与特定的 期间相对应，它作为当前损益列入损益表，即它必须作为当期成本，而不能延续到下一周 期，故库存产品的成本只能以单位制造成本计价。

2. 完成的表格和相关成本数据见下表。

成本\成本承担单元	合 计 （百万元）	一般产品 一般市场	一般产品 附加市场Ⅰ	特殊产品 附加市场Ⅱ
原材料	2.12	1.9	0	0.22
＋附件	4.39	4.39	0	0

续表

成本\成本承担单元	合　计 （百万元）	一般产品 一般市场	一般产品 附加市场 I	特殊产品 附加市场 II
＋生产材料	1.14	1.03	0	0.11
＝材料直接费用	7.65	7.32	0	0.33
＋材料间接费用	0.48	0.45	0	0.02
＝材料成本	**8.13**	**7.78**	**0**	**0.35**
加工直接费用	6.13	5.55	0	0.58
＋加工间接费用	4.9	4.44	0	0.46
＝加工成本	**11.03**	**9.99**	**0**	**1.04**
＝制造成本	**19.17**	**17.77**	**0**	**1.39**
＋研究开发费用	1.22	1.13	0	0.08
＋销售费用	4.52	4.19	0	0.32
＋管理费用	2.68	2.48	0	0.19
＝产品成本	**27.6**	**25.59**	**0**	**2.01**
单位成本		743.36 元/台		525 元/台
单位变动成本		373.86 元/台		227.5 元/台
单位固定成本		369.5 元/台		297.5 元/台
价格底线		373.86 元/台		227.5 元/台

巩固练习 7 参考答案

完成的生产经营财务报告如下。

财务报告（第 2 周期）

本周期财务报告（百万元）			
期初现金	0.1		
现金收入	本周期（百万元）	现金支出	本周期（百万元）
本周期产品销售收入	31.49	材料费用	1.14
＋前周期产品销售收入	7.36	＋人员费用	10.25
		＋其他经营费用	5
＋有价证券	0	＋中期和透支贷款归还	26.85
＋利息收入	0	＋利息费用	3.24
		＋购买机器人	0
＋特别收入	0	＋购买生产线和厂房	0
＋生产线变卖收入	0	＋购买有价证券	0
		＋税收	2.98
＋中期贷款	12	＋股息支付（前周期）	0.35
＋透支贷款	0	＋特别费用	0
＝现金收入合计	50.86	＝现金支出合计	49.85
期末现金	1.11		

巩固练习 8 参考答案

第__3__周期经营业绩报告

本周期经营决策数据及业绩指标（注意指明各指标单位）				
一般市场产品价格	958.9 元/台	销售人员雇用数	46 人	产品质量等级	3
广告费用	2 百万元	E 产品计划产量	37 355 台	E 产品实际产量	37 355 台
E 产品的销售额及销量	34 000 台	原材料购买量	83 900 单位	附件购买量	75 000 单位
产品改进费用	0.2 百万元	订单产品类型数量及价格	B 产品 4 500 台 948 元/台	生产线投资或变卖数	0
维修保养费用及系数	0.5 百万元/0.98	生产合理化投资及系数	0/1.3	生产人员招收或辞退数	招聘 11 人
机器人数量	50 个	社会福利费用（%）	80%	管理合理化投资额	0.3 百万元
E 产品的理论市场占有率	4.2%	E 产品的实际市场占有率	4.3%	计划支付股息	1 百万元
总销售收入	36.86 百万元	生产经营成本	30.54 百万元	息税前利润	8.21 百万元
税前利润	6.32 百万元	未分配利润总额	12.66 百万元	总资产	39.24 百万元

设备、生产人员的负荷状况					
生产线条数	5	实际生产能力（A）（生产线 100%负荷时的能力）	41 405 单位	所需生产能力（B）（按生产计划计算的能力）	41 405 单位	生产线负载率（B/A）	100%
自然人生产人员（C）	116 人	所需生产人员（D）（按生产计划计算的人员减去机器人个数）	115.5 人	生产人员负载率（D/C）	99.7%	科研人员数量	8 人

库存、成本及相关财务指标状况			
原材料库存量	42 045 单位	附件库存量	38 206 单位	E 产品库存	3 355 台
E 产品的行业平均库存	4 118.1 台	E 产品的单位制造成本（加权）	567.25 元/台	E 产品的单位变动成本	485.51 元/台
一般市场 E 产品的单位成本	758.40 元/台	本周期利息费用	1.89 百万元	已获利息倍数	4.34
中期贷款	13 百万元	透支贷款	1.57 百万元	资产负债率	52.42%
总资产报酬率	22.26%	净资产报酬率	22.99%	流动比率	1.25	速动比率	0.51

注：上述指标中加下划线的表示在预算时就可以填写的，其余在系统仿真决算后填写。

参 考 文 献

[1] 宋福根. 现代企业决策与仿真. 北京：科学出版社，2010

[2] 金颖，黄艳艳. 财务管理学基础. 北京：清华大学出版社，2010

[3] 程旭阳，王群建. 成本会计与实务. 北京：清华大学出版社，2009

[4] 连有，王瑞芬. 西方经济学. 北京：清华大学出版社，2008

[5] 吕超. 企业运作实务. 北京：电子工业出版社，2009

[6] 倪杰. 现代市场营销学. 北京：清华大学出版社，2009

[7] 赵应文. 人力资源管理概论. 北京：清华大学出版社，2009

[8] 马义飞. 生产与运作管理. 北京：清华大学出版社，北京交通大学出版社，2010